# 遇见
# 德国

杨坚华 著

人民出版社

# 序　言

2015 年注定是个不寻常的一年。

二月初春的一天，我照例早早醒来，准备早餐前先打开电脑收邮件。一份署名人民出版社曹春博士的来函让我从椅子上跳了起来。回过神后又觉得不可能，认为大概是我国内的某位朋友在和我开玩笑。

我们往往在非所学专业但自己又格外喜爱在乎的领域，会倾注别样的心血和精力，但真正面对权威时又会特别紧张外加特别的不自信。

当确认无误这真是封人民出版社编辑的约稿信后，我才重新兴奋起来。

我曾是位感性、任性，有点叛逆精神的女子，旅居德国的岁月，让我学着沉静、沉淀下来，试着去感性做人、理性做事。当我逐步更深地尝试着用心去体会德国时，发现一个国家就像每一个正常的家庭一样，外人看到的永远是它或光鲜或破败的表面，只有真正地走进它，去聆听，去感受……只有当它的苦与乐，悲与喜，伤痛与幸福，也成了自己生活的一部分，才开始慢慢地懂得它，了解它。

我的友人慕橙曾在一篇介绍德国的文章中提到，德国就像一位"第二眼"美人。

因为德国人特有的严谨，克制，守序，一开始会让来自他国尤其是喜爱热闹国度的民众感到无所适从。但相处下来，人们往往会发现其实与推崇简单生活的德国人打交道，反而特别轻松。

2015年对德国尤其不寻常，欧债危机、希腊困境、难民危机、巴尔干半岛动荡，林林总总都在考验着德国。

该书取名《遇见德国》，既已相遇，则安然相守。并借此书，祝福我所有的亲朋好友！

# 目　录

## 遇见德国

# 走近德国

# 德国眼看世界

## 德国籍？中国籍？

# 遇见德国

# 德国不是神话是童话

前不久国内在疯传一篇文章《被神话了的德国》。很多国内朋友在与我电话聊天中，难免多问一句："我们真的把德国神话了吗？"

怎么说呢？在我眼里，德国不是神话，是童话！

在德国待久了的国人，回到国内"自我检讨"时，都会说：在德国待久了，不太习惯国内的人情世故，脑袋僵化。

就拿我自己来说，有一次在国内去政府机关办事。当时那个行政办事大厅开了两个窗口，一个普通窗口，另一个加急窗口。我心想自己的事不急，就耐心等在普通窗口这列。只是那个窗口虽然开着却并没有工作人员，而那个加急窗口倒是坐了位，窗口前也排了些人。大概等了半个多小时后，加急窗口前也没人排队了。看我还在那东张西望，加急窗口的工作人员向我招招手，边接过我递交的文件，边问我："你干吗站在那个窗口？"我答道："我这事不急，人家要加急的。"

对方服务态度不错，朝我笑了笑："你在德国多少年了？"

我回答说："八年"。对方又笑了："瞧，待傻了吧。我们中国人的随机应变你都不知道了，还是早点回国吧。"

我真的变得跟德国人一样"傻"了吗？

在德国，我喜欢坐在自家的落地窗前看书，不远处经常有一两只小松鼠跳来蹦去的，儿子和邻家的孩子们在花园里追逐着、游戏着。偶尔他们会在阳光下阅读童话故事书，然后跑过来，手遮着鼻子问我："如果撒谎，鼻子就会像皮诺曹那样变长吗？"我边逗他们，哟，鼻子怎么变长了？边感慨眼前的一切就像童话。

在童话世界里，总是有着绿绿葱葱的原始森林，有着精致的、屋顶尖尖的小木屋，有着很多快乐的小精灵和许许多多美丽的鲜花。虽说童话世界里，也有巫婆，但最终正义、责任、勇气，总会驱除邪恶。更有大魔导师运用智慧和魔法驱赶敌人。

童话王国里总是善恶分明、人物单纯，就像简单固执的德

德国童话城市罗腾堡被誉为"中古世纪之宝",建于 1274 年,保存有完整的中世纪古城风貌。(摄影 楚格山里人)

德国古城班贝格是德国最大的一座未受战争毁坏的历史城区，1993 年入选世界文化遗产名录（摄影 楚格山里人）

国人。

习惯了跟实诚的德国人打交道，回到国内，当我亲眼目睹人家当面撒谎却面不改色心不跳时，往往自己却不由脸红起来，不知是因了气愤，还是感到悲哀？

当我看到一些教授们，或为生存、或为利益，去奉承巴结一些"文盲"时，我承认我连悲哀的力量都失去了，我已无法生气。

他们无奈地对我说：在国内，有时候任何一个坐在某个位置上的人，你若不留神得罪了，他们就可能让你的日子或长或短不再阳光灿烂，这就叫"小鬼难缠"。你好端端的计划可能会被全盘打乱，赔上时间和金钱。而这些人，不一定就是官员，她可能是你孩子幼儿园的辅导员，也可能是你小区物业公司的某个人。总之，可能只是芸芸众生中的一个小人物，只因为身居某个特殊位置，就可以决定让你快乐还是难受。

每个人都可能是他（她）朋友眼里的天使，却转身成了别人眼里的巫婆。

我还记得若干年前，父亲和他的弟弟，一个大学毕业被分配到湖南，一个大学毕业被分配到广东，反正他们都远离了上海的父母。而父亲与弟弟每年的相遇，就是叔叔回上海探亲或出差时，列车停留湖南时那短短的十分钟。兄弟情深，父亲总是想尽可能早点进到站台，这样就可以与自己的弟弟多聊几句。但每次车站工作人员都要百般刁难，一次父亲与他们争吵了几句，车站人员不顾母亲的苦苦说情，硬是把父亲扣留在了办公室，一直等列车离开。列车远去，带走的还有盼了一年仍不得见的遗憾……

那时年少的我，见识了太多人性的丑恶，内心除了恐惧还有愤怒。于是我变得喜欢独处，常常幻想着有那么一个童话的地方：天空湛蓝、森林遍布、湖水清澈，人们脸上溢满关爱，怜悯。

后来来到德国，在这个动物和人一样恬静的地方，我学着安静下来，心中曾经的许多愤懑逐步点点化解。我开始明白，当社会资源分配不均衡的时候，无论是社会顶端还是末端的人群，都会产生一种饥渴感。于是，哪怕一丁点的权力都会被无极限地放大，用来为自己抢夺多一点的资源。人性之恶需要靠公平公正以及严谨的制度去抑制，释放心中的戾气，阳光才能透射进来。

遍布德国各地的大小城堡，每年都会推出很多的活动，大人小孩都穿扮成童话世界里的人物，公主们个个都单纯而美丽；她们的王子们则勇敢并充满正义。当光明战胜黑暗的剧目拉开帷幕，音乐随之响起，在场人们开始围成圈跳舞。此情此景，我又想起万里之外自己的祖国，多么希望她也少一点神话，多一点童话。

# 外嫁女（上）

前段时间，国内有位朋友托我帮忙，要替她朋友的女儿物色一位德国小伙子，促成两人相恋。我实话相告：这么多年来，自己从未做过红娘，一来缺乏这方面的能耐，二来始终相信感情之事靠缘分。

说到外嫁女，中国历史上比较有名的该是西汉时期的美女王昭君。远嫁漠北匈奴的王昭君，"思乡惆怅，手抱琵琶声声悲，远眺长安故国千里归无计"。"昭君出塞"的故事在中国几乎家喻户晓。但追溯历史，还有一位更早更有名的外嫁女，那就是同属中国古代四大美女的西施。生于春秋末期的西施被当时的越王勾践当作复仇的重要棋子献给吴王，最终越王趁吴王沉迷美色，荒废朝政之际，卧薪尝胆、励精图治，一举消灭吴国。

看来，中国有史以来，外嫁女就充当了或麻痹迷惑敌人、或构筑和平的重要角色。而她们似乎也都个个是"身在曹营心在汉"，真正做到了不辱使命。

历史进入现代。20 世纪六七十年代的中国，别说与外国人谈情说爱，哪怕说一两句话，都可能被治以"里通外国"罪而身陷囹圄。随着中国的改革开放，经济逐年增长，国际交流也愈来愈多，民间的涉外婚姻终于再也挡不住。毕竟当事人是否结婚，与谁结婚，这是每个公民的最基本的权利。恋爱婚姻从来就应该是公民们可以自己"任性"的事。其间，最有名的外嫁女就是 20 世纪八十年代红遍中国的电影明星沈丹萍。犹记得 1984 年她与德国男友结婚时，她的影迷们捶胸顿足："我们最美丽的姑娘，为什么要嫁一个法西斯？"《被爱情遗忘的角落》（沈丹萍主演）里面那个害羞的荒妹为什么要抛弃我们？"

幸亏当时还没有互联网，也就没有那么多的网络暴民，八十年代初的中国民众刚刚从"文革"桎梏中解放出来，还是比较淳朴的，再愤怒、再不解，也还会宽容地接受。于是，在同胞们异样眼神的注视下，一批又一批的外嫁女们挽起了外国夫君的臂膀。

我与儿子及外甥女，2011 年夏

虽说婚姻的动机和目的各色各样，但不可否认，中国文化、中华美食、中国传统等等，更多地由她们更广泛地向世界各地传播。

大家去中国设在一些国家和地区的孔子学院看看就知道，课堂上坐着的，除了黑头发黑眼睛的中国孩子们，还有一大群肤色相貌亦东亦西的混血儿。

"孩子，你要记住，你身上流淌着 50% 中华民族的血液。"

"小子，别人可以说中国（坏话），但你不能，因为你娘是中国人。"

倒也不是说外嫁女们就格外爱国，很多时候，为了在夫家不输面子，中国所有的好都被外嫁女们用放大镜放大无数倍。"独在异乡为异客"的身份也让中国妈妈们自发地留意对自己的孩子进行中华五千年的历史文化熏陶，在混血宝宝的心目中树立起"遥远的东方有一条龙，它的名字就叫中国"的形象。德国各地的业余功夫学校里，也活跃着一群混血孩子。中国书法、中国古诗词、中国功夫、中华美食……中国妈妈们使出浑身解数，恨不得将所有的中华精髓悉数灌输给那个有着一半中国血统的孩子。我去一些"中德合资"家庭拜访时发现，每家书架上都不乏中国文化、美景的书籍和画册。

在德国杜塞尔多夫有一年一度的中国节，看台下常有一溜的混血孩子。一次，我家先生问我："中国到底有多少外嫁女呀？"我回答："应该不少吧。几百万？"先生打趣道："难怪这些年中国总在世界上倡导和平，这不声不响，世界各地就有上百万甚至上千万人外国人得管中国人叫'妈妈'，那么多的洋女婿、洋外孙分布在世界的各个角落，赶着孝敬中国妈妈，中国丈母娘，中国姥姥们，这将来谁还敢惹中国呀？"

玩笑归玩笑，但这些洋外孙们、洋女婿们，他们对中国的亲切感，的确是有目共睹的，尤其是这帮孩子们，毕竟遥远的中国也是他们的根。

有一次，在校外的德国少年足球俱乐部，遇到几位混血孩子的妈妈，看着孩子们在绿茵场上奔跑，大家不约而同提出："等他们长大了，让他们回中国，披上中国足球队的战衣。不说称霸世界，称雄亚洲应该没问题吧。"

这大概就是"外嫁女"吧，心中永远揣着另一个家。

# 外嫁女（下）

上篇说到外嫁女，很多人在问："外嫁女幸福吗？快乐吗？"虽说任何人的幸福快乐都是种个人体验，但根据官方一些数据统计，15%的涉外婚姻离婚率，相比国内一些大城市50%的数据，还是要低很多。

没有调查就没有发言权，别的国家不好发表评论，但对那些想嫁德国男子的女孩子来说，我倒想奉劝一句：你是理性之人，还是感性之人？如果你是一位见到秋天的落叶都会感怀的林妹妹似的女子，那我还是觉得嫁个怜花惜玉、愿意迁就你、宠着你的中国男子，这会靠谱很多。否则，不顾一切嫁到德国来，你一个文艺女神，很可能会变成女神经。

不妨设想一下，你在叹"岁月无情催人老"，比较直来直去、经常一根筋的日耳曼人，会认为你是否更年期提前了？又比如，夫妻吵架，中国女子通常是上演一哭二闹回娘家的桥段，但这一招在德国几乎无用武之地。回娘家太遥远，那种摔门而出，先生拿着太太的外套在后面苦苦追赶，苦口婆心劝说外加检讨的情景剧，也只会在中国大地上上演。德国先生几乎都是在家以不变应万变。"大家都是成年人了，每个人都应该学会对自己的言行负责任。这才是婚姻中互相给对方的最大的尊重。"听了这话会否更生气？

德国人经常说："激动的时候，应该避免争执。如果要写邮件，也应该隔天再写。因为人在不理智的时候，可能会误伤别人，最终也伤及自身。"

总之，德国人的婚姻推崇平等、独立，加入了更多成年人应有的理性因素。那种"你猜，你猜猜看"的捉迷藏的游戏，德国先生只对孩子们奉陪，他们眼里应该独立的你，若想玩这种游戏，人家只会觉得很无聊。怪不得很早以前，人们就总结说：日耳曼人是世界上最好的士兵，却是最糟糕的情人。

我有个熟人，找了位德国男友，有一次，两人发生了争执，女方母亲刚好也在，当然是附和女儿。结果这位常驻中国、会说中文的德国人客气地请这位准丈母娘不要掺和，因为

我的外嫁女友小雯和她的德国先生诺伯特

这是他和她女儿的事情。结果可想而知，中国丈母娘们可是有"尊严"和"脾气"的，原本考虑到从"国际友好"大局出发，还没让女儿逼着这小子在上海买房呢，这就对未来丈母娘耍脾气了？中国丈母娘多厉害呀！于是，她暗中设计，终于让女儿的前中国男友赢得美人归。女孩子后来自己也说："还是中国男友好，处处宠着我，不但对我照顾，对我的一众家人他都嘘寒问暖。德国男友却处处与我 AA 制。"

中国婚姻中，太太有时更像母亲，对丈夫无微不至地体贴关心，额外附送整天婆婆妈妈似的唠叨；而有些丈夫则像父亲，大山一样深沉的父爱，将太太宠得像个长不大的任性公主。

从小文化熏陶不一样的德国人，自然是不解风情，认为成人之间就应该理性地对话，尤其是做了父母，更需要理智、理性地来督导孩子们的生活。女性惯有的情绪化，在德国人眼里，通常被视作一种心智有缺陷的表现。

我们女同胞们说话，通常是前一句在北京，下一句跳到了美国，跨度特别大。而且通常明明在谈现在时，瞬间却转变成过去时，将自家先生早已忘记的陈年往事又翻出来；要么就跳到将来时，构筑一本未来画册。

德国人总结说，这是因为我们中文语法太不严谨。德国人之间的谈话，这样上下几十年的穿越，比较有困难，德语因其非常繁杂的语法结构，被称为最适合用作法律条文的语言。所以，与德国人交谈，条理清晰、不拖泥带水非常重要。

中国人十个有九个在玩微信，德国也有类似社交工具，除了一些年轻人外，成年人却很少玩。我们一群中国人猜测，微信中那么多的信息量、广告，我们中国人可以应付自如，该屏蔽的屏蔽、该拉黑的拉黑、该分群的分群……我们拉或被拉进一个个不同的群体，但实诚的德国人哪能应对这么复杂的状况，他们的思维是直的，做事也学不会拐弯抹角。有位外嫁女诉说，自己花了好几年时间，夫妇俩才适应彼此的沟通方式。是德国人太闷还是我们太爱折腾？

现在大家都在夸德国，只是别忘了，每个民族的背后，都有一群不同的母亲们。德国女人的理性、克制不但在二战后撑起了这个国家，也将坚毅、理性一代代传承了下去。嫁到德国，从某种意义上说，就是嫁给了理性；同时也意味着你有位理性的婆婆大人。她不会也不想取代你的母亲，更会谨慎地将婆媳关系维持在一个安全的距离。当然她也不会像很多中国婆婆那样，在你生完孩子坐月子的时候，天天熬鸡汤伺候着你。她可以穿戴精致，很优雅地和你一起去喝咖啡，但请不要幻想她替你照看你的孩子，她的孙儿。德国的外嫁女们，如果碰巧生了个儿子，那么，你不但会遇到一位德国婆婆，将来还很可能遇到一位同样理性嵌入骨髓的媳妇。准备好了吗？

# 爱情本来的样子

一切本真的东西，才最接近自然，最美丽，同时最能打动人心。那么，爱情本来的样子是什么呢？

不到六岁的儿子最近有心思了，一问才知道，他喜欢上了班上的一位小女生，一个德国和俄罗斯的混血儿。我问儿子：你喜欢她什么呢？他回答说，我喜欢和她在一起，一起画画，一起踢足球……

我当然不会真的以为儿子恋爱了而大惊小怪，但看他认真的样子和每天去上学的路上按捺不住的期盼，心里还是生出许多感慨：人世间这种纯纯的感情，真美好！

曾经有不少的国内朋友对我说："这老外的审美观是不是和咱们不一样呀？那些西方人身边的中国女子，没几个好看的，还有那个变性的舞蹈家金星，这在中国可没哪个男人敢往家里娶。可人家德国人不但娶回家，还将她捧在手心里当宝贝。"

这些朋友说的确实也是大实话，每次回中国，走在中国的大街上，尤其是在苏杭一带，迎面而来的女子，养眼悦目的不少，一些甚至可以用惊艳来形容。而在欧洲，撞见中国美女的概率真是太小了。大概这许多美女们，从小身边不乏献殷勤者，也明白自己天生丽质，于是花在镜子面前的时间远远超过书本上的。语言如果没学好，沟通就无法进行。再说这美女们的身边，一大堆人虎视眈眈地盯着，哪还有外者插进来的空隙？

谈及东西方的审美观，翻开欧洲的时尚杂志，那些封面女郎，也个个是明眸皓齿的佳人。就像这次春晚登台的"法兰西玫瑰"苏菲·玛索，中国人觉得她仪态万方。同样在欧洲，她也被法国男人誉为"永远的挚爱"，可见东西方文化对漂亮和美丽的定义还是一样的。

曾经在报纸上看到过一篇文章，是一位中国父亲写的，他说自己的女儿出生时特别难看，都说女大十八变，可自己的女儿也没变好看丁点。倒是读书不用操心，一直读到博

爱情本来的样子（摄影　罗宏）

士，有这高学历无疑更使其在待嫁的路上雪上加霜。父母正发愁着呢，没料到女儿被一位外派中国工作的德国小伙子爱上并美滋滋地娶回家了。乐得这父亲逢人就夸，德国人思想境界高，注重心灵美。

曾经有过"中国第一摇滚女声"美誉的摇滚女歌手罗琦，1993年在一次聚会上被人刺瞎了左眼，后又因吸毒被送进戒毒所。一个瘾君子，并且只有一只眼睛，等待她的人生道路的艰难可想而知。后来她远赴德国并幸运地碰到了一位愿意与她面对生命中一切的德国男子，他不仅娶了她，还帮她成功地戒掉毒瘾，装上义眼，并让她重拾信心，站回久违的舞台上……

谁都喜欢美好的事物。在国内，很多时候外表出色成了谈情说爱的首选。但对很多欧洲人尤其是受过高等教育的那群人，他们会更注重双方的心灵默契。就如西方人对内衣的挑选既讲究又挑剔，不会因为穿在里面没人看见就敷衍了事。因为内衣紧紧地贴着自己的肌肤，舒适从来都是首选，所以，他们对面料、质地、裁剪都很挑剔。在欧洲，高档的内衣价格非常昂贵。而国内一些人会更在乎外在的美，别人能看到的地方，至于别人看不见的，将就点也无所谓。

时下，在对待爱情方面，许多人更注重外表，金钱、房子、豪车……一切能招来别人艳羡目光的、能为我们挣面子的东西，却忘了爱情的初衷，两情相悦。

其实西方人比我们更懂得"实用"，随着岁月的流逝，美貌会褪色，那些外在的光鲜像名和利，也可能会因种种原因而失去或被剥夺，但是高贵的灵魂却更加动人。这是消耗品与保值品的区别，也是表象与内在的较量。

爱情本来的样子，就是这么简单：遇到了心爱的人，一个自由的灵魂完全接纳另一个自由的灵魂，相互信赖，彼此包容……爱情本来的样子，是自由自在、无拘无束，不刻意讨好，不曲意逢迎，从此一句："我愿意"，盛夏也好，严冬也好，彼此如影随形……

爱情本来的样子，因为灵魂的自由，心是欢快的，那是一种精神的默契。而因为这份认同，你才有勇气、毅力和耐心去攀登人生路上的一座座高峰。

那就是爱情本来的样子，没有算计，没有阴谋，只有心甘情愿。从此粗茶淡饭也好，锦衣玉食也好，只要对方在身边，心就踏实安稳了。

　　哪怕到了留不住的那天，也要友善给对方送去祝福。为了那段曾经共同走过的岁月，谢谢对方曾经的相伴。从此以后，彼此相忘于江湖也好，退而做朋友也好。如果曾经真爱过，那就为爱情曾经的美好，也为自己，彼此道声：珍重。

# 德国男人更忠诚吗？

因为有个德国丈夫，国内的亲朋好友们见了我，都会问："听说德国男人都很顾家，他们是不是比中国男人更有家庭责任感，更忠诚？"

遇到我有时候情绪不佳，抱怨几句时，朋友们几乎是一边倒地对我说："你家德国先生那么好，你可得好好珍惜。"

我不知道这是因为我家这位德国先生的确表现得出色，还是因为我先前在国内那个"女强人"形象太深入人心？回到国内，先生向我的朋友们夸我的厨艺，她们就齐口称赞："这德国男人真好，太太再不会做饭，他们都会说好吃。"

我说："拜托，只要人不傻不懒，加点兴趣和专注，有什么事是学不会的呢？"

从此有什么抱怨，我就去找自己的德国女友小雯，她是我来德后交的第一位朋友。小雯二十岁那年从中国来到德国，精明能干聪慧的她，在德国生活已超过二十年，将自己变成德国人的同时，顺便将自己的德国先生调教成了"中国好先生"兼"中国好女婿"。

记得她给我的第一个忠告是，你别做什么事都想追求完美，包括做家庭主妇。每个人对完美的解读都是不一样的，结果可能你累趴了，人家还不以为然。所以做任何事情，顺自己的心比什么都更重要。这样至少自己是快乐的，快乐的人才能给别人带来快乐。

第二个忠告是：你们夫妻恩爱不错，你体谅他上班辛苦，但你带孩子也辛苦呀。所以别什么事都要逞强显能干，他下班回来，就让他带孩子，既增强了父子感情，他也更能体谅你的辛苦。另外，顾家的男人也就没心思没精力出去花心了。

说完，小雯向我挤挤眼睛，"全世界男人都一样，我们女人得学会培养和调教他们。"

女友的话，我自然听进去了。先生下班回来，基本上会陪儿子踢球，公园跑步骑自行车……以至于儿子更黏父亲。在德国，因为老一代对孙辈几乎是不闻不管的，所以，德国的父母尤其是双职工父母，自然比起中国父母而言更辛苦。母亲主要忙于烹饪、洗洗涮涮……陪伴孩子游戏的任务自然落到父亲的

头上。从这个角度讲，因为"先天条件"的制约，德国家庭的
父亲，必须承担更多的责任和义务，习惯成自然。再说日耳曼
民族又天生比较服从规则和纪律，所以在德国，你会看到父亲
们整天围着家庭孩子转，但光凭这点并不能说明德国男人天生
就比中国男人更顾家。

近些年来因为国内的情人、小三现象层出不穷，结果大家
又得出结果：中国男人比较花心、不忠诚。可是，德国男人真
的更忠诚吗?

首先，我觉得这真的是个伪命题。大家把文化差异、历史
背景、风俗习惯等等都去掉，光来比结果，那当然有失公允。

按照德国的法律规定，夫妻双方只要去法院签署了分居协
议，双方就是自由人，可以分别与另外的异性或同性同居。

别的不说，德国当今的总统先生（Joachim Gauck）约阿
希姆·高克目前就是这种状态。他与妻子并没有办理离婚手
续，目前是与女友一起住在总统府。该女友以前是位新闻工作
者，同行当然要帮同行，所以德国媒体异口同声称该女友为德
国第一夫人。但那位高克太太偶尔也会在小报媒体发发声，比

德国友人 父与子

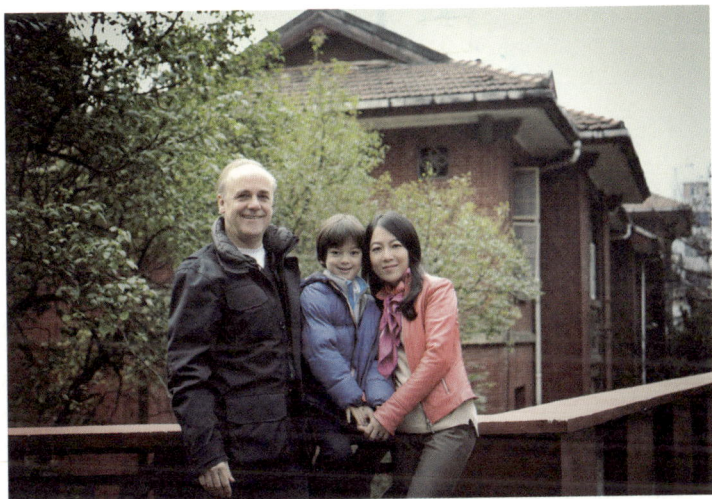

我们一家人（摄于 2015 年 12 月底）

如，"总统先生会与我谈论很多事情，我们唯一从不提及的就是离婚这事。"又比如："我才是高克夫人。"（女友没结婚，自然不能改与总统先生同姓。）

从很多事情上来比较，在德国无论男人还是女人，比中国人的确理性很多。很少出现情绪一撩拨就达到失控状况的情形。

家庭出现问题，德国人首先会考虑，我还想不想要这个家庭。在德国家庭，尤其是德国女人那里，情绪失控而做出一些事后很可能会后悔的举动，发生的比例大大低于中国。

比如在德国，从政治家、学者到各类明星，都发生过丈夫移情别恋（甚至有些与后来女友已经生育孩子），但后来又来个大逆转，回归到妻子身边的故事。而在这故事的演绎过程中，当妻子的总是冷静地应对记者采访："分开的日子，可以让我们冷静下来思考。这对我们双方而言都有必要。"

等到丈夫最终选择回归先前的家庭，妻子又在采访中说："我们愿意尝试重新开始一段新的生活。"

而一些中国女子，大概因为面子，或认为圣洁的爱情遭到了玷污，明明心中还有爱，有牵挂和不舍，也不原谅、不宽恕，结果是即便不分手，也弄得双方身心交瘁，两败俱伤。

德国妻子们的这种忠实面对自己内心，理性面对别人说道的态度，从某种程度上，也给离婚做了个缓冲，至少官方的统计数字就"好看"很多。

按说，喜新厌旧是人性的弱点，但如果与道德要严格挂钩绑在一起，有时候的确也有点牵强。古往今来那么多伟人、名人的事例就不再在此赘述。法律、风俗、教育等怎样去帮助大众克服人性的弱点，让人性中的善与爱最大限度地被激发出来，让人们心存敬畏而有所为有所不为，或许才是大家真正要去思索的。

德国是个传统的信仰基督教的国家。当国家发现信仰也无法去维护家庭的牢固和稳定时，政府又琢磨出金钱控制的办法——纳税比率。德国有个很烦琐的税收系统，对于很多德国人来说，结婚会为自己节省很多纳税开支。同理，如果离婚恢复单身，优惠也就没有了。

另外，对婚姻中弱势群体的法律保护，也让德国男人在对待婚姻问题时格外谨慎。

据统计，德国女人在婚姻中的出轨比例，似乎还略高于男方，这可能也让可怜的丈夫们更加小心。国人常说，你做初一，我做十五。这人家初一还没做，她十五却先完成了。

# 中德文化差异


有一次，我与先生聊天，我谈及如果儿子满十八岁，就可以容许他交女友了。我还自认为是个很开明的妈妈，结果我家先生瞪大眼睛，很惊讶地望着我："难道你想逼咱们儿子离家出走吗？十八岁可是咱德国允许结婚的法定年龄了，如果父母同意的话，十六岁就可以结婚了。"言下之意，既然十六岁就可以堂而皇之结婚了，那之前还得经过几年的恋爱什么的，这十三四岁开始正式恋爱就很正常了。

今年学校放冬假前，六岁的儿子拿回一些卡片，我看到有好几个女孩子留言说，我喜欢你，我爱你。还画了红心等。估计按这发展趋势，这小子再过些年就会开始交女友了。

这就是德国的社会风俗。男人也好，女人也好，在正式结婚前，很多都有丰富的恋爱史。这就好比你见识了牡丹花的雍容华贵，却被蓝色妖姬（又称蓝玫瑰）弄得心旌摇曳，无法自拔。到了真正成熟的年龄，需要有所担当的时候，那个曾经爱过恋过疯狂过的毛头小伙子，会沉静下来，认真考虑，我真正依恋的是什么？牡丹？蓝色妖姬？还是兰花？而不会在春天，被茉莉花香所吸引迎回家中。到了腊梅绽放的严冬才发现凌寒独自开的寒梅才是自己的真爱，这对茉莉花又何尝不是一种伤害和辜负？

一日，我与先生一起观看那个火爆的征婚节目《非诚勿扰》，他对嘉宾们那种恋爱清白史的阐述大为不解，起初他不相信，我向他解释，我们中国人都是君子，如何可以发乎情而止乎礼，他转而对嘉宾表示出极大的同情。我们引以为傲的纯洁，在德国人眼里成了可怜的因素。在他们看来，如果你没有经历过，往往可能将来在诱惑面前，毫无抵挡之力。

有次，我揶揄先生说："如果你们德国也像我们中国那样，十八九岁才开始牵牵手，恋爱就奔着结婚的目的去，那德国男人肯定没有中国男人忠诚。"

先生以德国人的一贯思维反驳我："对不存在的假设命题，没有做结论的必要。"

唉，可恨可恼的德国人。

老人们常以过来人的身份说："男人靠得住，母猪会上树。"

但在互联网时代，猪站在风口上都能飞，那飞到树上就更不在话下了。所以，相不相信，只是我们自己心念而已。

# 妇随夫姓

结婚后，我和先生去德国杜塞尔多夫市政府办理户口本等事宜。女方是否婚后更改姓名的问题，被摆上了桌面。

市政府的办事人员不厌其烦地向我解释，你可以选择随夫姓，夫姓加娘家姓构成复姓，保留婚前的娘家姓。当然丈夫也可以选择随妻姓。

先生很早就跟我沟通过，他当然希望我能随夫姓或者说冠夫姓。随夫姓，是德国社会的传统，与男女平等并没关系。比如说，德国女总理默克尔博士，这"默克尔"就是她前夫的姓。当年的英国首相铁娘子撒切尔夫人，"撒切尔"这一姓氏就来自她丈夫。

其实，我对改姓没有太多的抵触，觉得改或不改都是可以的。当然有一点，德国人的姓是以各自祖先的职业或性格特

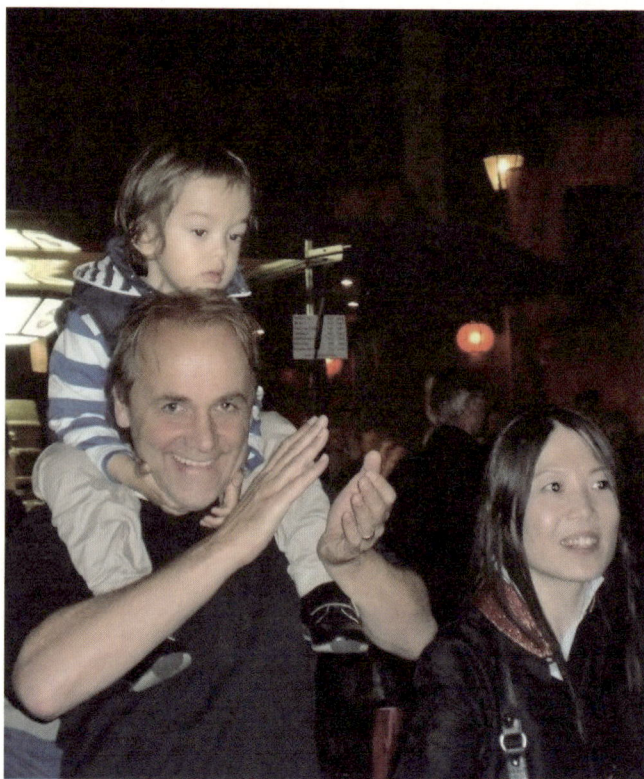

我们一家人（2010 年）

征来命名的，所以就有"屠夫""卖鸡蛋的""卖鱼的""愚蠢"等等五花八门的姓氏。先生的姓氏听上去还很不错，这大概是我的虚荣心在作祟吧。不过，我的一位德国女友就因为不愿每天顶着"愚蠢太太"的称呼，婚后一直保留自己的娘家姓。

真正对我有所触动的是，先生的一位同事，娶了位古巴太太，可能因为社会主义国家都特别强调男女平等吧，他的古巴太太婚后坚决不随夫姓。他俩的女儿是在古巴出生的，遵照她妈妈的意见，姓名是父亲姓加上母亲姓形成的复姓。这样一来，一家三口，三个不同的姓，看的德国人直摇头。而更麻烦的是，每次妈妈如果单独带女儿回古巴探亲，都需要带上证明母女关系的相关文件，通常父亲也得陪同前往机场边检机构。

"婚后全家一个姓，这体现了一个家庭的统一。"这代表了很多德国人的观点。

关于婚后是否随夫姓的问题，我与国内好些朋友也就此讨论过，其实很多女士并不反对冠夫姓。再说，这的确也是个提醒：大家是一家人了。

在中国古代，婚嫁的女子以夫家姓氏相称的习俗，据说在汉魏之际就有了雏形，到南朝末期蔚成风气。而双冠姓则形成于宋代。近代随着中国妇女解放运动的推动，妇随夫姓在中国大陆已基本废止。而香港、台湾等地区，很多还保留了这个传统。像香港的陈方安生、陈冯富珍、范徐丽泰、叶刘淑仪等等。这些人们眼里的女强人角色，几乎无一例外地选择遵循传统。

在国外举行婚礼时，有那么个程序：新娘由自己的父亲牵着走进教堂，交给新郎。这时那个做父亲的，往往会意味深长地看新郎一眼，我养大的女儿从今往后就托付给你了，将来你就是她生命中最重要的人，保护她、爱护她……伴随着这种交接仪式，她的姓也从父亲的姓变成了丈夫的姓。

或许，有时候我们确实需要一些仪式上的东西，来提醒我们，自己的责任、自己的义务。

有女权主义者对此提出异议，认为这是一种女性独立的倒退。其实若深究起来，自己的娘家姓，绝大多数人都是随父亲的姓，并不是母亲的姓。这种情况下，感觉在一个家庭妈妈里就像个外人。

那天在德国市政府办公室里，我同意随夫姓，但因为希望保留自己的中国特征，所以采取了双冠姓也就是复姓的做法。
德国官员告诉我们，改姓名的资料文件要寄去首都柏林，由柏
林方面登记批准。之后德国市府办事人员又对我强调一遍，按
我们法律规定，您以后还可以将复姓改为夫姓，但不能改回娘
家姓了。

回家的路上，先生见我一直若有所思的样子，问我："你
认为婚后保留自己的娘家姓，就代表妇女社会地位的提高，妇
女解放得更彻底吗？"

我当然不会这么想，我在思忖着，婚后改姓这件事，给了
当事方多重选择的自由和权利，而不是被强加一个固定的模
式，这样真好！

# 在他国入乡随俗

在德国待久了，会不时听到中国人对德国的抱怨，也有德国人对中国人的抱怨。比如，一些德国人说，这刚到德国的中国人，个个看上去温文尔雅，总是微笑谦虚的样子。可时间长了，德国的身份拿到了，一些人却突然变得张牙舞爪，开车也不那么守规矩了。

虽然我口头上反驳他们："中国有句古话，'近墨者黑'。这证明你们德国人把我们中国人带坏了。"但实事求是说，可能人一旦进入舒适安全状态，所呈现出来的才是人的最本性、最原始的一面吧。不是有很多女同胞抱怨：男人婚前婚后简直是两个人！

因为婚前"革命尚未成功，同志仍须努力"，大家都竭尽全力展现自己最美好、最优秀的一面，如果努力的时间足够长到将优秀变成习惯，那婚前婚后倒也不会相差太远。问题是双方都耐不住这份漫长，一番攻与守的演习，双双缴械，携手迈进婚姻。一旦进入婚姻安全舒适阶段，双方便逐渐将自己幼时就形成的生活习惯、兴趣爱好等逐步展现出来，也在此时，双方才发现，原来习性相近是何等的重要。

所以，对很多移民他乡的人，我总是对他们说："生育我们的故乡，自然不能忘，但如果不能真正做到入乡随俗，真正爱上自己的居住国，那国外的生活一定是伴随着痛苦的。"

这就好比大家经常讨论是要找一个爱自己的还是自己爱的人（彼此双方同等程度相爱当然是最好）。我听到的比较经典的一个答案是：我要找一个自己爱的人，其实也不是为了他（她），而是为了我自己。因为爱，因为喜欢与他（她）在一起，这种感觉能唤起我自己最积极的努力，能让我自己变得更美好。

反过来，因为不爱，所以会时时挑剔，事事埋怨，最终也使自己变得狰狞丑陋。

同理，如果仅仅因为国外的种种优势和福利，而移民异国他乡，却从根本上排斥他国的习俗文化，这就好比仅仅为了钱而嫁给一个自己不爱的人。没有爱，你的眼睛只看到你没有的

东西，所以，总是沮丧，总是不满意。有爱，你才会心甘情愿
地去改变、去适应、去妥协……

在德国，要入德国籍，必须去上一种称作"融入德国"的
课程，外加拿到德语 B1 及格的证书。估计德国政府此举是想
尽可能地督促大家早日摆脱水土不服，也希望借由德国文化历
史的介绍，让那些有意成为德国人的外国公民，能从内心深处
认同德国。但这更多的是德国政府一厢情愿的美好愿望，许
多想入籍的外国人，诱惑他们的无非是德国的高福利和种种
便利。

我们常说入乡随俗，但往往挑那些自己中意的随，而自己
不中意的，就辩称要保留自己的民族特色。因为真正的入乡随
俗，一定会经历初期的不适应甚至伴随阵痛，于是，人性中的
惰性和不自信会让人本能地采取逃避和抵触。但长期这种身心
不合一的生活，谁说不是对自己生命的一种最大的浪费呢？就
如一个上海人到了湖南，你当然可以选择不吃辣，不学地方方
言，日子虽然也能照样过，但生活却变得很受局限，舒适度也
会大打折扣。

德国小镇旅店

德国主食，猪手、火腿肠、啤酒、椒盐卷饼、鸡肉、烤猪脚配上土豆球（图片提供 ExQuisine）

总体来说，德国人对中国人的印象还是不错的。因为中国人的确有很强的适应能力。

我们中国人常说："在什么山头唱什么歌。"所以，不管在哪里，都不会弄出太多不和谐的声音。再细细分析，中国，作为一个并没有固定和长期稳定信仰的民族，其民族性是很笼统的，也可以说有很大的兼容性。说是民族性，还不如说是每个人不同的处世方法和原则。

比如今年夏天，曾有两位友人的孩子来德国度假游学，一个十二岁，一个十岁。在我眼里，两个孩子都同样的优秀，只是一个好静、专注、循规蹈矩，用餐坚持用公筷，说话前总要先想好想清楚再问；另一个活泼好动，对一切充满好奇，不愿接受任何的约束，总说自由是最珍贵的。先生老是逗趣他们，对年纪稍大的孩子说：你呀，就像我们日耳曼人，长大了来德国吧。又朝着年幼的说：你长大了，出国的话去美国，那里会更适合你的发展。

这就是我们很多中国人对德国人不了解的一面。我们认为德国人冷淡，不像美国人、南欧人那么热情，甚至很多人认为他们有民族主义倾向，因为他们经常说："他（她）是真正的德国人，你可以相信他（她）。"其实他们指的真正德国人，主要是指对方的思维和行为，比如说，重契约、诚信、严谨、可靠、守时等等，当他们从你身上感受到自己引以为豪的民族精神时，他们就会张开双臂拥抱你，当你为自己人。否则，他们会谨慎地与你保持安全的距离。

又比如，德国民间对一些土耳其人有看法。德国媒体曾经对德国境内 17—25 岁年龄段的土耳其裔青少年做过调查，结果有近一半人声称他们不认同和接受德国的文化和传统，其中那些中学没毕业的，此比例竟然高达 70%。

这个结果，自然让德国人有点恼火，私底下也曾听一些德国人嘟囔，既然那么不喜欢，干吗不回自己国家去？德国人也不是真的傻，那种明显的假心假意，只冲着好处优惠而来，却不想做点贡献，自然会招致对方的反感。

虽说我自己也是在德国的外国人，但将心比心，假设哪天谁的家里拖儿带女地来一大帮人，享受福利的同时还整天抱怨，动辄指责你种族歧视，大家会是种什么样的感觉？虽然这只是部分外来移民的行径，但扎堆也挺抢眼的。

德国并不是严格意义上的移民国家，但由于二战的阴影，德国政府对外国人、对外国人宣称的保持民族性，他们往往比别的国家有更多的宽容。说到底还是底气不足，怕被扣帽子。

虽说每个民族都有自己的价值观，或者说核心价值观。没有哪个价值体系一定要凌驾于另一种之上，但我以为互相尊重应该是最基本的前提。至于说入乡随俗，虽说世界越来越像个地球村，但同一个国家也会有地域区别，连踢足球还有主客场之分。写到这，想起曾经看到一位四川读者的签名：有一种天赋叫做在哪都是本地人。品味这句话，其中透着一种豪迈和极度的自信，当然还有一颗包容的心。

对所有生活在异国他乡的人们来说，怎样在保留自己民族性的同时，尊重居住国的文化和传统，适应和融入当地社会，的确是种挑战，也是种涵养，更是种境界。

# 我们是朋友吗？

我们从小就会唱："找呀找呀找朋友，找到一个好朋友……你是我的好朋友"，拥有很多朋友的中国人来到宁静的德国，很多人开始陷入困惑，我们是朋友吗？我们真的有很多朋友吗？

一天，先生的一位建筑师朋友德尔曼来访。餐后大家坐在院子里喝咖啡，他突然很严肃地问我，中国人的"朋友"是什么概念？我有点不解地望着他。一旁的先生哈哈大笑，冲我说道："我早就跟你说了，不要把熟人称为朋友，这在德国很令人费解的。"我当然明白先生的意思，真正的德国人朋友都不会太多。最好的朋友（1—2位）、好朋友（3—5位）、朋友（10位以内），其余相近的统称为熟人，包括同事、同学、邻居。朋友之间以及一些比较亲近的熟人直接以各自名字和"你"打招呼，其他则一律以姓及"您"相称。在德国，听称呼就知道双方关系的疏近了。

德尔曼拿出了德国人的韧劲，一定要弄清楚中国人的"朋友"是什么含义？我反问他，德国人的朋友意味着什么？

他回答说："别人怎样认为，我不是太清楚。对我而言我会这么判断，假设我有一笔钱，一笔保证我下半辈子生活质量的钱款，因为某种原因，必须将这笔钱托付给一位我可信赖的人保管，十年之后，我相信他（她）会分文不少地交还给我。这个人就是我的朋友。"

见我没吱声，他用询问的眼神看着我。而此刻，我正在将朋友们的名字在脑海里飞速地过滤，过了会儿我对他说："你这种测试方法或许在德国可以行得通，但在中国不行。我们两国的文化习俗以及国情都不一样，德国的社会保障体系非常完善，社会资源的分配也基本做到了透明及公平公正，公民可以法有所依、弱有所助、居有所屋、老有所养以及病有所医，所以，在德国你可以用这种方法去测试朋友的操守和可靠度。但中国的情况比较复杂，被托付的这笔钱，如果被拿去炒股、投资等等为自己的私利冒险，友情自然不复存在，但如果被用去拯救自己或亲朋好友的生命，你怎么看？毕竟先解决了生存问题，才会想到尊严，才有道德感的提升。"

德尔曼听完这番话说："那我换个方式问你，有多少人你愿意为他（她）放下手上的工作，先去满足他（她）的需求？又有多少人愿意为你这么做？"

他的话让我突然重新陷入沉默并生出几丝内疚，因为我时不时地会对一些朋友说，"对不起，最近很忙。"

德尔曼接着说，"把时间给一个人，就是把自己生命的一部分与他（她）共同分享。我宁愿将十个小时奉献给一个朋友，而不愿将十个小时分摊给十个熟人。因为最珍贵的东西应该用来与自己最珍惜的人一起享用"。

我原本想与他逗趣，因为作为著名的建筑师，他的时间自然是"金贵"，但有些人可以在菜市场为一元钱耗上一个小时，或耗费一个下午在电脑前玩游戏，同样的一个小时，当然不是等值的。但转眼又想，对德尔曼来说，时间是最珍贵的，对另一些人来说，可能金钱是最重要的，不同的人生观也决定了人以群分。

世人对德国人的评价是"吃饭是为了活着，活着是为了工

我（右二）和一起长大的女友们相聚 2015

童年的友谊（摄影 邱永勇）

作"。而我们却自嘲"工作是为了活着，活着是为了吃饭"。中国人自古信奉"民以食为天"，把吃饭当作日常生活中非常隆重的一桩事情。所以，我们在饮食方面做足了功课，中华美食也得以名扬天下。既然"吃"如此重要，我们也就经常把生活中其他一些非常重要的事情，比如交友、生意合作、相亲等等都搬到了饭桌上来进行。所以，中国人的饭局特别多，一切高雅低俗都在推杯换盏之际穿越。我们习惯说"要交友，先吃饭"，吃饭自然少不了酒的助兴，在酒精的麻醉中，满足了自己胃口的同时，精神也得到了慰藉，以为饭桌上那些承诺是可以相信的，一些人是可以推心置腹的。所以，老年人经常提醒年轻人说："小心，祸从口出。"想必这张嘴，很多时候是在半醉半醒的饭桌上闯祸的。

德国人用餐则极其简陋，国人在参观德国的古城堡时，有时会品尝城堡酒庄推出的德国宫廷套餐，吃过的都吐槽，这在中国也就普通老百姓的用餐水平而已。既然吃饭如此就简，德国人自然也不会将人生大事在酒桌上讨论。

有时候，我甚至觉得看似木讷的德国人挺机灵的，他们喝着咖啡谈事情，这咖啡和酒自然是截然不同的催化作用，一种越喝越清醒，一种则开始自我陶醉。喝着咖啡培养的友谊，与酒精助长的友谊，持久性与忠诚度当然也有区别。

中国人爱热闹，讲究"独乐乐不如众乐乐"，喜欢呼朋唤友；德国人享受独处，认为一切伟大的思想皆产生于孤独，所以德意志民族产生了那么多伟大的思想家。

当然还有一个不可忽视的重要因素，目前我们社会资源分配仍然存在不均衡、不透明的现象，于是人们自觉不自觉地拿自己手上的资源去与别人的交换，这就在朋友的交往中投下了"利益"的阴影。看病，孩子上幼儿园、上学、找工作等等，大家都习惯了托关系。中国人喜欢说"多个朋友多条路，朋友多了路好走"，朋友从某种意义上来说等同于便利。但这种"关系朋友"很多时候也属于"人走茶凉"之类，从"门庭若市"到"门可罗雀"可能发生在一夜之间。

德国法规条款制约了很多通融"关系"的行为，所以人际交往自然比较简单，心先欢喜了，才有言语行为上的亲近。

我想起很早前，一位犹太人对我说的：真正的朋友是前世的亲人，所以他们才会如此懂你、欣赏你、为你心疼、为你欢呼；风雨人生路不离不弃，无关贵贱，无关贫富，始终用忠诚陪伴；才会令人初晤却如故友、怦然心动。

　　若真如此，不管我们活着分别是为了工作还是吃饭，真正的朋友都是上天的恩赐，是我们一生的守护。如果拥有，请一定好好珍惜。

# 阳光下的善意

上周朋友从国内来德国出差。在晚餐的饭桌上，他们提起不久前在德国经历的一件事。

那天他们办完事出来一看，不由大吃一惊，租来的车不见了。六神无主之际，见不远处停了辆车，急忙上去询问。坐在车里的年轻人下车看了看后告诉他们，因为违规停车，车被警察拖走了。几个人稍稍安心后又开始着急了：这人生地不熟的，语言还不通，怎么办？

那位年轻人看了看手表，告诉他们得抓紧把车取回来，否则他们交通部门的人就要下班了，而第二天又是周末，就只能等到下周才能取车了。年轻人自告奋勇提出带他们去取车。

车停靠在一栋大楼前。大伙儿进去，年轻人走到一个窗口前，飞速地与里面的人沟通，并不时指着几个中国人。一会儿小伙子拿出一张单子说："交了钱就可以提车了。祝你们在德国停留愉快。"还没等他们言谢，年轻人已转身离开。

　　说到这，我的朋友停顿了一下："这要是在中国，我们当时无论如何是不敢上车的。与他素不相识的，这家伙也太热情了。可那天很奇怪，就这么坐上了他的车，一个我们根本不认识的陌生人的车。或许是因为他的那双眼睛，阳光下是那么的清澈、蔚蓝，让人不由自主地愿意相信他、跟随他。"

　　朋友说话时有点激动，因为就在不久前，在他居住的那座城市，一位白领女青年晕倒在站台，因为没人上前施救而失去了年轻的生命。

　　"我愿意来德国，或许不为别的，就为了这份人与人之间的信任，为了这份阳光下的善意。"

　　朋友说完，大伙都没再吱声。的确在德国，日常生活及工作中的简单善意随时可见。遇见陌生人跟你微笑打招呼：您好！听到后面奔跑的脚步声，陌生人替你按住车门，好让你赶上这趟车；看到你在马路边东张西望，有人会主动上前来问你：您需要帮忙吗？遇到老人跌倒时，周围的人争先恐后去搀扶……

　　一次，接儿子放学回家。那天学校刚好搞活动，他装扮成警察，还配置了一把玩具手枪。路过一家面包房购买面包时，

孩子与德国警察

恰巧遇到两位进来喝咖啡的警察。他们很开心地蹲下来，指着儿子衣服上的肩章说："哇，你比我还多一颗星呢。"并询问儿子和他同学是否有兴趣去看看真正的警车。孩子们当然连连点头，在征得我同意后，两位年轻警察将孩子们抱上了泊在停车坪里的警车，让他们坐进驾驶室，并向他们讲解各项设备的用途。

当孩子们满怀敬佩地跟警察挥手告别时，我知道这个德国暖暖的下午，因了这两位警察的善意，一种美好的东西注入了孩子们的心灵，滋养着他们。

德国人的善意，还延伸到对大自然对动物的呵护，如遍及全德国的流浪动物之家。在那里聚集了大量的义工，付出他们的时间和精力、爱和关怀。

当大家在议论，国内人与人之间，越来越处心积虑，越来越互相漠视，甚至有时互相憎恨时，我仍然愿意相信：我们中国人内心并不缺乏善意，我们缺的是信任，我们缺乏一个保证大家安全和温饱的健康机制，更缺乏一套完整的保护善意，让它不被利用和歪曲的法律法规。

我们看到，当灾难发生时，很多中国人自发地组织募捐，纷纷为灾区捐款捐物，我们内心深处的同情心、共情能力并没有丢失。

更多的时候，我们害怕因为展示善意而遭遇尴尬、曲解，更害怕施展善意会将自己和家人的生活从此拖入泥潭。

同时因为目睹太多恶的嚣张，或被别人以善的名义侵扰、算计、伤害过，我们对别人的善意，也心存疑虑，怀着警惕心而保持距离。

久而久之，我们为自己打造了一副冷漠的面具，宁可将同情的眼泪落在电影院里，对身边陌生人绝望的求助，却可以漠然离开。

我常常想，近两亿的中国老年人，难道要为那少数一些不诚实的老头、老太太，付出如此高的信任代价吗？在中国，讹诈的比例到底有多高？媒体整天炒作，过分渲染的也就是那几个个案，许多个案最终也得到了澄清。或许我们更多的人只是为自己的冷漠不作为找一个借口和理由，来回避内心的自责和内疚。

那么有没有可能，有朝一日我们能健全我们的法律和社会保障机制，比如说诬陷会得到惩罚，救死扶伤变成公民的法律义务，我们可以用严谨的法律条款来规范和引导人们的行为。

让我们的社会也做到"病有所医，老有所养"，相信人们内心深处的善意就会被唤醒，焕发出来。毕竟善是我们内心的渴望。

文章结尾，我想转摘几句话，这几句话对我有很深影响，据说是特蕾莎修女曾经贴在自己房间里的：

——如果你成功以后，身边尽是假的朋友和真的敌人，不管怎样，还是要成功。

——如果你做善事，人们说你自私自利，别有用心，不管怎样，还是要做善事。

——人们确实需要帮助，如果你帮助他们，却可能遭到攻击，但不管怎样，还是要帮助。

# 寻找更好的生活

不少举家移民的人，在回答别人好奇的询问时总会说：背井离乡无非是想为孩子们提供一种更好的生活。

问题是：什么是更好的生活？

我在德国遇到不少的中国留学生，几乎都能套用这样的一种模式：初来乍到，一切都很新鲜。德国空气清新、蓝天白云、大街上跑的不是宝马就是奔驰，去食品超市一看，大多数都是一欧左右的东西，牛奶、饼干、罐头……这日子也太舒服了。

来了两三年后，开始纠结，德语仍然说得结结巴巴，想打麻将都难凑成一桌；面包种类繁多，但毕竟自己是中国胃，无法像德国人那样餐餐面包对付；跑进中国超市，规模以及品种就像中国乡镇的供销社；想扯着嗓子吼两声，警车马上开到，警告晚上十点钟后不得扰民，于是要唱歌，只能躲到地下

德国大学城海德堡，海德堡大学 1386 年建立，是德国最古老的大学（摄影 楚格山里人）

四月波恩樱花街。位于德国波恩的 Heerstraβe，被誉为世界级的樱花大道（摄影 楚格山里人）

室去。

此时那遥远的故乡，隔着这千山万水，因为这份距离，更因为在德国感到的种种遗憾和不适，而变得格外的亲切和可爱。

于是，在自己的学生宿舍里，一边调侃着："留学就是'新东方'（意指不用上'新东方烹饪学校'，自己无师自通），留德悔一生。"一边依然得不停地做德语语法练习题，脑海里琢磨着工作后给自己买台什么牌子的德国车？

还有一些留学生，实在挨不过那份寂寞，早早打道回府。回国后，照例先是兴奋，光是久违的家乡美食就能让自己亢奋好一阵子。然后，被雾霾、被地铁以及拥挤不堪的公交车上人们充满怨气的脸、被工作中同事们的钩心斗角、被媒体放大的不安全食品的报道吓坏了，又开始失望，后悔当初怎么不咬咬牙挺过去留在德国。

人生就是不停地在做选择，抓起一些，就得放下一些。豁达的人经常问自己，我得到了什么，而不是我失去了什么？选择了一条路，自然会错过另一条路上的风景，与其眺望远处，不如珍惜眼前，每个地方都会春暖花开。

曾在德国的一家剧场读到这么一句话：每一个不曾微笑的日子，都是你丢失的日子。或许又可以这么理解：那些发自内心的微笑，是美好岁月的注解。

想透了就明白了，你在哪里感到更舒服，就应该努力待在哪里。我们大多数人的人生目标无外乎生存和发展。能更好地生存和发展的地方，就是大家心目中的乐园。

不同的文化、不同的民族对美的定义会有所区别，但总体上还是大同小异。对美好生活的定义，也大致相同。

如果一种生活没有恐惧，如果社会的每一位都能被平等尊重地对待，每个人都享有一种基本的公平公正的权利，或许这就是一种美好生活吧。

曾经在网上看到过一篇很火的文章，大概意思是说，人必须打破自己的舒适，才能有更大的发展和成就。

当时我看了有点不以为然，追求舒适的生活，难道不是大多数人的奋斗目标吗？如果总是要打破舒适感去追求不适，这又将被国人称作"折腾"。用一种舒适去交换另一种舒适，就好比用一种自由去交换另一种自由，没有人能保证你不会后悔。

　　寻找更好的生活，首先自己要有足够的定力，还有相应的阅历，知道自己想要怎样的生活，而不被人云亦云所干扰，轻而易举就破坏了你的计划或者扰乱了你的宁静。

　　如果当下就是你梦寐以求的生活，你很满足自得，又何必跋山涉水，去体验他乡的滋味？但碰巧他乡才是那个心仪的地方，又受限于种种条件，一时半会去不了，不妨就把它当作心中的一道风景线，每天多一点努力，缩短到达它的距离。

　　现代社会，交通已非常发达，不似从前，一份家书要长达一年才能送达。对于那些想寻找更好生活的人们来说，我自认为，不妨走出来看看，一个月甚至半年，静下心来观察。或许，更好的生活在他乡；但更有可能，更好的生活，就是你目前拥有的，从此学会珍惜眼前，那也是一大收获。

　　没有绝对更好的生活，只有你最想要的生活。就像婚姻，你不是要找最好的人，而是最希望生活在一起、最适合你的那个人。

# 走近德国

# 德国的月亮更圆吗?

时值中秋佳节，国内朋友们发来短信：德国的月亮是否更圆？虽说知道她们在开玩笑，但今天晚上，和几个朋友喝茶赏月的时候，我还是抬头将月亮仔仔细细地看了好几遍。

人们常说：月是故乡明！我们看到的世界，往往是我们内心世界的折射。要不怎么说："情人眼里出西施"。心中溢满情感，自然是百看不厌。

所以，这德国的月亮，在海外的中国人眼里，大概是没有中国的圆吧。故乡和亲朋好友都远在天涯，心中多了几分牵挂，难免增添一分惆怅。

不少读者的来信和留言中最为纠结的问题就是：我到底要不要来德国？

我想，这份挣扎和犹豫大概源于内心的困惑。我在德国能找到自己的幸福吗？我会感到快乐吗？

虽说有些朋友此前也来过德国，但那种走马观花式的旅游，确实有太多的局限性。这就好比你去别人家里做客，可能看到的是人家客厅的窗明几净，女主人的热情周到，孩子们的乖巧可爱。但如果你真正住下来，在朋友家停留一段时间，或许，你会发现某个角落的灰尘，女主人也有情绪失控的时刻……

在一些国人的心目中，德国的月亮应该是圆一点的。只要想想每年浩浩荡荡的移民大军，如果不是认为他乡能寻到自己的幸福，大家又何必背井离乡？

想我大唐盛世，一些小国的君主，宁愿舍弃王位，也要住在中国长安。大唐天子臣民也热情好客，让一众外国人以大唐"荣誉市民"的身份定居中国。这么看来，唐朝的月亮大概是世界上最圆、最明亮的了。

现如今，世界对中国广大的移民群体，有褒有贬，当然非议占绝大多数。其实人类自古以来，就是在不断地寻找土地更加肥沃、水草更加丰美的地方，并由此不停地迁徙。许多人类的战争都是源于资源、土地的争夺。人性如此，又何必苛求？

但接下来的问题是，在德国大家是否会真正感到更快乐？

2016 年法兰克福书展，热爱阅读的德国人把展会变成了阅读室

德国南部楚格峰山脚。楚格峰海拔 2962 公尺，是德国的最高山峰，景色壮观（摄影 楚格山里人）

前段时间，国内来了几位朋友。大概因为网络上曾经有篇关于德国人厨房的文章被疯传，于是，德国式厨房成了友人们重点"考察"对象，况且我家又恰好是开放式厨房。于是，在征得我同意后，朋友们将我家厨房所有的抽屉等都一一打开，进行拍照。等她们拍完了，我笑着告诉她们，这些其实都是我家先生以德国人思维为厨房配置的，基本上属于摆设。在我看来，厨房应该是表达爱意的地方，可以随意点，可以简单点，只要温馨，只要有情感。中国妈妈们不需要像实验室一样设备齐全而精致的厨房，简单几样厨具，却能出炉远超德国厨房制造的美味。所以，有些东西好是好，但可能对我们来说，根本就派不上用场。

人与人之间，应该是以彼此之间感到舒服为最佳相处之道，人与物之间大概亦应如此，比方衣服、鞋靴，是以穿着的舒适感为前提的。而人与群体、社会的相处，也都遵守这一规律。彼此感到被认同，被接纳，这样的关系才能长久，并产生一种发自内心的真正的愉悦感。

他乡纵有千般万般的好，但如果不能真正地融入其中，你就永远只是个流浪者。

首先，如果语言不通，不懂德语，那么很多时候，你对信箱里堆得满满的信件会感到一筹莫展。不会说更听不懂，这种状态在某种程度上与聋哑人员几乎没有区别。德国虽说对残障人员有很好的社会保障，但这种情况，显然不在受保护之内。如此人生，质量难免要打折扣。

其次，德国清静，中国热闹；德国有秩序，中国有机会。

刚到德国的外国人，往往会抱怨德国人太冷漠；而住在中国的外国人，又会吐槽中国人太热情。无非是各民族各自表达情感的方式不同而已。

德国较为完善的社会福利和保障机制，让人们没有太多的后顾之忧，至少是"病有所医，老有所养"，但这也让一些德国人滋生了好逸恶劳的恶习。一些德国的年轻人中学毕业后就长期耗在家里，工作高不成低不就，而德国几乎所有公共场所做清洁卫生的，例如学校、医院、车站、大型购物中心等，几乎清一色的外国面孔。

以至德国一些媒体呼吁，长此下去，德国人勤劳、严谨的形象将严重受损。

　　在我眼里,在德华人总是很忙,时间永远不够用。忙于工作、学习语言、照料孩子、料理家务,再参加些社会公益活动,每天的时间表总是排得满满的。

　　而国内的朋友们却说,我们也累,工作倒轻松,但得忙着"学"说话,"学"做人。看来,我们中国人就是操劳的命,总得折腾些东西出来忙或被忙碌。

　　面对朋友们的提问:"如果你在中国,从来没有在德国生活过,你会想来德国吗?"我想自己会回答:"应该也会纠结挣扎。"

　　若再问:"在德国生活八年后,你还会想再回到中国过日子吗?"估计我也会老老实实回答:"应该不会吧。"

　　为什么?不是我不爱自己的国家,而是我的确不知道我是否还能适应故乡的生活?

　　曾经有一次,刚刚回到国内,就和几个朋友去吃念念不忘的家乡菜。结果肠胃系统马上抗议,大概德国的黑面包和土豆泥把自己的肠胃"收买"了,由此一来,家乡的很多美食自己只能饱饱眼福。另外,德国清新干净的空气,把自己的免疫系统也养懒了,回到国内,喉咙痛、鼻塞……这有点像和平年代的军队，缺乏实战经验，战斗力自然会减弱。

另外，大概是在德国习惯了将钱包随意往挎包内一塞。这时候，母亲就会再三叮嘱："你要小心点，国内小偷很多的。"弄得我神经特别紧张。

还有一事也不得不提，自从上次在国内一栋大厦里被猫抓伤后，自己再在国内看到狗呀猫的，都会想方设法躲避。当时物业办公室里的所有工作人员都异口同声说那是只野猫，估计是怕承担责任和费用。既然是来历不明的猫，我更不敢大意，所以只好在接下来的旅途中，烈日炎炎下，在不同的城市找防疫站，打规定的狂犬疫苗。扫了大家的游兴，我是既自责又感到沮丧、失落。

见我有时候这一惊一乍的样子，父亲则用略带责备的口吻对我说："你怎么回到家乡，倒水土不服了？"我也感到恼火，觉得自己从某种程度上，背叛了留下我童年和青春记忆的故乡。每每这时，我都会岔开话题，对父亲说："我经常想起，儿时在月光下，你给我们讲故事的情景。"这时，老父亲才会重展笑颜，接着一个劲地叮嘱我："你要跟孩子多讲中文，别让他忘了中国。"

中国的父母亲常常会对远方的儿女们说："孩子，如果太累，太辛苦，别硬撑着呀！回家来，家再穷，总会有你的一口饭。"

对游子们来说，父母在的那个家，既是牵挂也是心灵深处的慰藉。

中秋赏月，观的是月，想的却是远方的亲人："恨君不似江楼月，南北东西，南北东西，只有相随无别离。恨君却似江楼月，暂满还亏，暂满还亏，待得团圆是几时？"

德国赏月，恰如这心情：暂满还亏。

虽说思念早成了家常便饭，并不需要某个特定的时间或某个仪式，但毕竟不一样的氛围，会渲染出别样的心境。

在此，祝我所有的朋友们，还有公众平台所有的"熟悉的陌生人"，中秋节快乐！

2014 年中秋节深夜于德国

# 德国人的"大方"和"小气"

一次聚会，跟一群在德华人谈及德国人的节俭和慷慨，大伙儿七嘴八舌地说道，关于德国人的"小气"，我们可以举一大堆的例子，可要说他们"大方"，我们还真想不出什么。

德国人的慷慨真的乏善可陈吗？我们先来看一组数据：

德国共有 60 万个公益团体，2012 年共有 39%的十四岁以上的德国人向援助组织、教堂和公益组织捐款。每当世界上别的国家有自然灾害和人道主义危机发生时，德国人都会毫不犹豫慷慨解囊，德国的私人捐款金额（不含基金会）稳居世界第一。

一年一度的圣诞节来临时，德国许多超市的收银台前都会堆放很多圣诞礼包。价钱从 5 欧到 10 欧不等，这些是专门用来捐赠给贫困人群的。顾客可以出钱买下，然后再放回超市收银台后面的推车里。一米的距离不到，你就可以完成一项慈善行为。每天快到打烊时，超市慈善推车里都堆得满满的。

而德国的学校，每年圣诞节前也会鼓励学生积极参与各项慈善活动。孩子们会拿出一部分自己的零花钱，去购买一些食品、糖果等，与父母购买的其他商品一起，用指定的纸箱装好，捐给贫困国家和地区的孩子们。

因为德国的教育认为，通过培育孩子们的同情心、激发孩子们的感动心，能陶冶学生们的情操，这远比仅仅培养所谓的"成功人士"更重要也更有意义。毕竟教育不光是要让孩子们知识成长，更重要的目的是人格的健康成长。

另外还有一些数据，说明德国人并非如人们想象的"小气"。

国际旅游网站调查了 8 个国家的游客，发现德国人给小费最为慷慨。有 69% 的德国游客会给小费，排名最后的为意大利人，只有 23% 有付小费的习惯（中国没在这份调查报告中）。

德国人在餐馆用餐后，通常会留下账单金额的 5%—10% 作为招待生的小费。（国外很多服务生的工资底薪都不高，就指望着小费来改善生活。）出门在外住酒店，德国人通常也会

德国二手家具 / 服饰店

每天留 1 欧元给清理房间的服务生，作为对别人劳动的一种感谢。

总体说来，德国人的大方更多地体现出一种悲天悯人的情怀，而不在乎所谓面子的维护。是一种不求回报的付出，因为他们认为"慷慨的行为就是它本身的报酬"。

接下来，我们再来看看德国人经常被诟病的"抠门"。

对陌生人慷慨解囊，对于自己的亲朋好友，德国人却往往没有如此大方。我与他们聊过这个话题，他们认为这很容易解释，因为那些贫困国家的陌生人，是真正处在饥饿和危险之中，他们才是真正需要同情和帮助的对象。德国人的这种理性思维对我们亲情浓郁的东方民族来说，确实需要一个理解和接受的过程。

在德国，如果与同事、同学或朋友一起出去吃饭，你一定要弄清楚，对方是说"我们一起去吃饭"还是"我请你吃饭"？如果是前者，那就意味着大家是 AA 制，你一定要带上自己的钱包。曾经有留学生告诉我，德国的同学邀他一起吃饭，结果这哥们儿高高兴兴地准时赴约，钱包也没带，结账时那份尴尬就可想而知了。

　　另外在餐馆里，大家也时常看见德国人只点一份饮料，外加一份土豆配火腿肠，餐后再来一份意大利特浓咖啡，在他们眼里这就是美味了。他们通常还会将碟子里剩余的一点汤渍用面包沾着吃掉。这在拥有几千年美食文化传统的中国人眼里，简直是太寒碜了。

　　至于德国人请你吃饭，特殊的庆典活动除外，基本上也就是一道前菜，一道主食，一道餐后甜点。知道了德国人的这些习惯，就不会有被怠慢的感觉了。

　　不光吃饭从简，点点滴滴日常生活中，也贯穿着德国人的这种"节俭"。比如我在家洗菜，电话铃响，跑去接个电话。这时在我家玩耍的邻家小孩会马上踮起脚替我将水龙头关上。夜晚，很少看到哪个德国家庭灯火通明的，因为德国人习惯离开一个房间就随手关灯。

　　德国的超市，经常可以看到德国家庭主妇们，手里拿着个单子，从货架上每取一样东西后，就在单上划掉一个。原来她们早就将需要购置的东西列了个清单，这样不但可以避免遗漏，更可以最大限度地抵制商场促销的诱惑。

有一回，我在超市购物。一位中年女士来到收银台，拿着购物小票对售货员说，某项商品价格有误。超市的促销单上注明的是 1.99 欧，却是按原价 2.49 欧计价收费的。售货员查清楚后，将 50 欧分退还给了这位女士。我环顾四周，没有哪个德国人露出惊讶和不耐烦的神情，大家耐心地排着队等着。而超市的一侧，不少买好单的客人正拿着购物小票仔细逐项检查。如此精打细算，真正给我上了一堂教育课。

德国人的这种节俭，也招来了邻国居民的不满和取笑。住在德国和奥地利边境地区的德国居民，因为奥地利的汽油价格比德国便宜不少，因此德国人就浩浩荡荡地开车过边境去加油，弄得邻国边境的加油站通常是排长龙。又比如波兰理发只要 3—5 欧元，比德国要便宜十几欧，于是住在边境的德国人就不约而同地上国外去理发。诸如此类的事情，使得德国人"小气"的名声逐渐广为传播。

俗话说"静以养身，俭以养德"，透过德国人的种种"小气"，或许我们能悟到点什么。

# 德国人真刻板！

如果某人初来乍到，想寻找话题与德国人套近乎，只需说一句："Same procedure？"（译成中文：一样的程序？）德国人马上会露出会心的一笑，气氛随即变得轻松。这是一句在德国家喻户晓的台词。

每年新年前夜（12 月 31 日），德国各家电视台都会推出同一个保留节目，20 分钟的喜剧小品《Dinner for One》（中文：一个人的晚餐），有时也称为《Der 90. Geburtstag》（九十岁的生日）。

这部英国黑白喜剧小品 1963 年由北德意志电台（NDR）首次搬上德国电视屏幕。

小品描述的是 90 岁的索菲小姐（Sophie）在新年前夜，孤零零地坐在一张长餐桌的尽头。餐桌上摆满了酒杯和餐具，对应的都是从前那些老朋友们的位置，只是他们都已离世而不能来赴约了。孤独的索菲小姐让她的男管家詹姆士（James）先生仍然挨个给每个座位斟酒，然后再分别逐个干杯。喝得醉醺醺的詹姆士还得不停地来回穿梭给索菲小姐上菜。

"索菲小姐，与去年一样的程序？"

"詹姆士，和每年一样的程序。"

伴随着这段片头对白，开始了德国几乎所有国家电视台年复一年的传统新年前夜节目，从1972年12月31日起，至今未曾改变。

该部片子1988年被《吉尼斯纪录》收编为"世界上被重复播放最多的电视节目"，有这样一群观众，估计这纪录可以永远被德国人保持下去。让我傻眼的是，这个年年新年前夜重播的节目，在中国人看来实在非常普通平淡，却能年年保持非常高的收视率，而且德国人居然还能每次都看得哈哈大笑。真正是个非常奇葩的民族！

以上小品还只是在同一时间段被重复播放而已。在德国，更有这么一批演员和观众，守着一部电视剧，从天真烂漫的少男少女，直到变成两鬓飘白的老头老太，仍然痴心未改。剧里剧外，大家一起成长一起变老，也因此彼此生出种特别的亲切感，难分难舍。

国内朋友对我说："这要换了在中国，顶多一个星期的耐心。"我想了想，觉得朋友们的话也不完全正确，当年几部样板戏，全中国人民不也是反反复复看了好些年。

在德国，这种一演几十年的电视剧并不止一两部，而是若干部，以每天或每周一集的规律播放，至今长盛不衰。比如德国一些家庭主妇爱看的《禁止的爱》（Verbotene Liebe），这部剧自 1995 年 1 月开播，每周一到周五下午播放，至今已播出了 4477 集。

接下来说说我爱看的两个电视剧，一部是 1985 年开播的《Lindenstrasse》（中文译名：林登街），每周日下午 6：50 播放一集。这部电视剧反映德国普通老百姓的日常生活。看这部片子对学习德语，了解德国社会的方方面面有一定的帮助。它的最大特色是与时俱进，剧中人物经常会针对热门话题和时事展开讨论，很多演员通过这部肥皂剧而成为德国家喻户晓的

德国百年餐厅

传统德国小餐馆

明星。

另一部剧则是《In aller Freundschaft》(中文译名：以友谊之名)，相对其他电视剧来说，该剧开播时间较短，1998 年 10 月播出第一期，以后每周二晚 9:00 在德国国家一台播出一集，剧情是讲述发生在一家德国医院里医生和病人的故事。看这部电视剧完全是受到几位德国友人的影响，作为该剧的铁杆粉丝，她们这样游说我："我们对自己不了解但又性命攸关的事情会特别的惊慌失措，从而乱了方寸而人云亦云。这部剧因为是严格按照医务工作者的日常生活、工作来演绎的，可以帮助我们消除对医生的神秘感同时学习一些医学常识。"

大概这就是"德国式焦虑"的体现？

德国人民族性中的守秩序造成了他们保守、传统、刻板的一面。在德国生活久了，这种千篇一律、按部就班的日子，很容易将一个满怀激情的热血之士"锤炼"成一位小心谨慎、四平八稳之人。

而我对德国人是既同情又嫉妒，德国人怎么这样容易满足？饮食方面，几块土豆配上几片火腿肠，就能让他们百吃不厌；娱乐方面，一个没什么笑点的小品，也能让他们重复看上四十多年，还乐此不疲。

或许能如此坦然淡定地接受一种简单的生活，并快乐地享受，也是一种智慧？

挑剔的食客才能造就出优秀的厨师。德国人的保守、刻板、容易满足，催化不出太过精彩的娱乐节目，但他们的这种刻板又能让他们养成严谨、守序的生活及工作习惯，从而制造出享誉世界的精密仪器和设备。国人常说的"工匠精神"或许也少不了这种刻板。

# 德国女人（上）

　　很多外国人都说，德语由德国男人说出口，铿锵有力非常性感，但从女人嘴里说出来，全无女性的娇柔妩媚，显得硬邦邦的，太不可爱了。

　　其实，语言是心理意识的载体，德语恰恰符合德国人的性格。否则就好比一个东北女子，说一口苏州吴侬软语，你总觉得哪里不对劲。

　　上个周末，我陪同婆婆去参加一个老年人的聚会。一群七八十岁的老头老太坐在公园的咖啡馆里面，聊聊天打打牌。吃完蛋糕，我们一起在公园散步，一些老人兴起，玩起了跷跷板，暖暖的阳光，老人们银色夹着金色的头发在微风中随着跷跷板高低飞扬着。老人们在笑，可我却怎么都笑不出来。每次与他们在一起，聆听他们一遍又一遍用平静的声调诉说那些过去的故事，我的心都会非常的沉重。故事中的人、眼前的老人

米勒太太在自家花园

们，他们构筑了曾经和现在的德国。

谈及德国，我们不可避免地要谈及一个名词：Trümmer-
frau。专指那些二战后清理城市废墟的德国妇女们。这是一个
在德国令人肃然起敬的名词，这些妇女们，父兄儿子全被派往
前线，很多从此一去无返。家园、城市全部变成一片废墟。恐
惧、悲伤、饥饿、屈辱……但她们却用羸弱的肩膀撑起了支离
破碎的家，还有那个颓垣残壁、满目疮痍的国家，并在一片废
墟上迅速重建德国经济。那是一群怎样的女人呀！

米勒先生今年已经八十多岁了，聚会上他给我们讲起了他
的母亲。

二战时，他的母亲，一个有着公主头衔的贵族女子，响应
当时政府的号召，要为祖国多多生育纯种雅利安人，结果一连
生了十一个孩子，因此得到了一枚英雄母亲的勋章。伴随战争
结束的消息，传来的还有自己丈夫战死的噩耗。来不及悲痛，
为了躲避苏联军队，她带着自己的十一个孩子开始长途迁徙，
逃离自己东部的家乡。途中因病痛饥饿，她又接连失去了自己
的三个年幼孩子。在远离家乡的德国南部，一个因伤残退役的
男人接纳了这个大家庭。接下来，他们又共同生育了四个孩

子。"这么多孩子，可母亲总能想法让我们填饱肚子，穿着干净的衣服去上学。只是每天晚上，夜深人静时，母亲就会点上一根烟，静静地坐在窗前，不知道她在想什么，谁都不敢去惊扰她。"

一天，一个疲惫的男人敲开了他们的门，原来米勒先生的亲身父亲还活着，当年被关进了苏联的战俘营。释放后，这个男人一路打听，终于找到了自己的孩子们，还有已为他人妇的妻子。

两个男人，一个女人开始了艰难的谈话。米勒的母亲希望米勒父亲留下来，与这一大家庭一起生活。或许出于男人的自尊，又或许不想将妻子现在的生活搅乱，他拒绝了。那天晚上，米勒母亲把那八个孩子叫到自己的身边，请他们自己选择是留下来，还是跟随亲身父亲离开。米勒先生已经开始懂事，尽管对自己父亲的印象根本已经模糊，他还是与几位年长兄弟一起选择了离开：毕竟父亲除了我们，已一无所有。

那天晚上，他的母亲仍然是点了支烟，一个人坐在窗前，静静地。

"这么多年过去了，每当我想起母亲，总浮现出她夹根烟坐在窗前的孤独背影。"

米勒先生喃喃地说。

当米勒先生叙述时，八十岁的米勒太太总是静静地坐在一边，偶尔会点点头。米勒先生停下来，米勒太太告诉我，当年十岁的她是如何惊恐万状地躲在地窖中，躲避炮弹以及苏联人，又是如何陪着母亲去打探父亲以及兄长们的讯息。

德国人的家庭相簿中，或者家里的相片墙上，几乎都有几张二战逝去亲人的照片，八十岁的米勒太太一直保留着自己十九岁哥哥当年从前线寄回来的家信。"哥哥是个多么有音乐才华又风趣的年轻人呀！"那一刻，米勒太太似乎又回到了七十多年前，哥哥在院子里拉着小提琴，朝年幼的妹妹笑着。

而我自己的婆婆，她随身携带的挎包里，总有个信封。那里面有张英俊的年轻男人的照片，那是她的父亲。婆婆当年刚出生不久，父亲就被派往前线，在莫斯科战役中与自己的兄弟一起战死。婆婆对她父亲的所有的记忆只有这张照片，还有照片后面的一个签名。

"母亲当年很少跟我提起父亲，我也小心翼翼地不敢问，怕母亲伤心。"婆婆说。

每当婆婆谈及这些，我的脑海里总会浮现出这样一个画面：一个伤心的小女孩，还有一位不苟言笑的母亲。

战争的伤痛构筑了一代德国女人的坚强。她们不但在废墟上撑起了这个千疮百孔的战败国家，更撑起了一个民族重建的信心，并将这种顽强刚毅传给了自己的下一代。

# 德国女人（中）

　　上篇提到二战后，德国的 Trümmerfrau，那个让德国人至今提起仍然充满敬意的群体，在废墟瓦砾中顽强地撑起整个民族脊梁的德国母亲们。

　　很多国内的朋友们经常会问到一个同样的问题，怎么样才能得到德国人的认同，怎样才能取得他们的信任？

　　我认为要真正了解德国，你不但要看到德国的强，德国的发达，你更需要了解它的痛、它的伤。

　　一个国家就像一个正常的家庭，它不会主动撩起伤痕给大家看，而那才是它最真切的痛。只有真正地走进它，去聆听、去感受，只有当那种痛也成了你伤痛的一部分，你才能开始去懂得它。

　　Trümmerfrau 的下一代，也就是生于 20 世纪三四十年代的

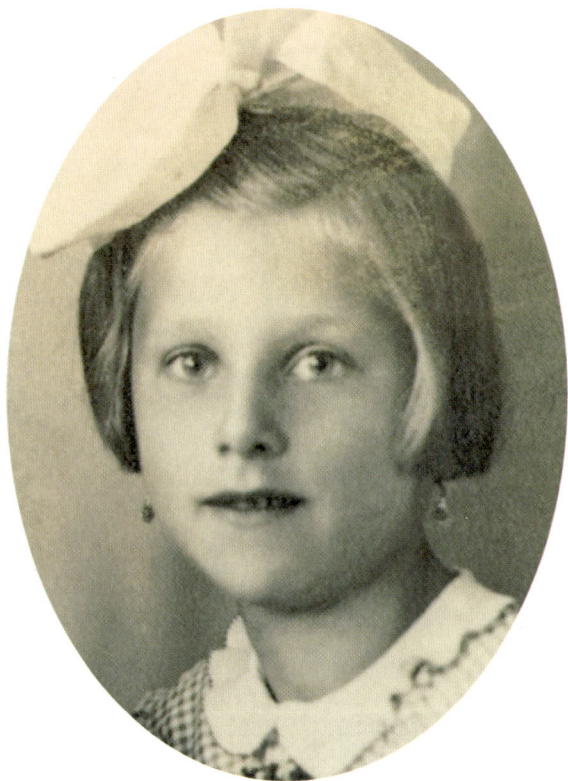

少女时期的婆婆

那一批人。他们经历并亲眼目睹了战争的残酷，其中的很大一部分在战争中失去了自己的父亲和兄弟，战后每天跟着自己悲伤的母亲在瓦砾中寻找任何可以充饥的食物。

盟军二战结束前对德国进行了大面积的轰炸，意在通过这种毁灭性的打击，将德国人的意志彻底摧毁掉。德国仅有少数几个风景优美的城市，因为事先被圈出作为将来盟军在德国的驻扎地而得以完整地保存下来。比如温泉旅游胜地巴登-巴登，其余绝大部分国土则沦为一片废墟。

我目前所住城市杜塞尔多夫在当年的盟军轰炸中，也是狼藉一遍，所在鲁尔工业区超过 70% 的工厂被毁，杜塞尔多夫莱茵河边的北公园风景优美，附近的别墅区曾被纳粹政府当作示范小区。战后盟军也派了一支部队驻扎在公园里。听德国人说，那时的公园区被封锁，除了一些在里面做工的德国人被容许进入，这座城市最美丽的公园是不对德国人开放的。这让我想起了当年的中国上海，一些公园也同样不让华人入内。

在那些挨饿受冻的岁月，那些拥有牛奶面包的盟军士兵，就成了不少德国年轻女子献媚的对象。若干年后，很多人质疑这其中究竟有多少爱情的成分。其实，在非常的岁月，当一个人要为生存，为活下去而苦苦挣扎的时候，讨论情感的真伪实在显得牵强。时至今日，对许许多多的女子而言，爱上一个人，或许是爱上了跟他在一起的那种生活方式、那个跟他在一起时能成就的自我，又或许仅仅是跟他在一起，自己能生存下来。

我认识一位德国幼教霍夫曼夫人，她的母亲当年应该还不到十八岁，与一位美军士兵恋爱，因此她偶尔还能得到几个面包拿回家给自己年幼的弟妹吃，当她怀上女儿后，士兵奉命被调往别的驻地，从此杳无音信。霍夫曼夫人从生下来便跟随自己的外婆一起生活，她只知道自己的父亲是位美国人，还有父亲当年驻军的番号。

前些年，有着和霍夫曼夫人一样经历的德国女子，发起了一个寻亲活动，希望能找到自己的亲生父亲，似乎通过媒体的协助，有几位终于见到了一直存在想象中的父亲。霍夫曼夫人却没参加这个活动，或许那个传说中的父亲对她而言，早没了任何含义。

霍夫曼夫人的妈妈，上篇提到的米勒太太、我的婆婆，她们都属于 Trümmerfrau 的下一代，目前已经或正在进入八十岁的她们，拥有绝对顽强的意志力和惊人的韧性。

这一代人，经历过战争的伤痛，而后又嫁给了有着同样战争经历、不苟言笑的丈夫。她们顺从、隐忍，在家相夫教子，德国制造蜚声全世界的背后，是这群女子默默付出的身影。1975 年，当德国已婚妇女争取到就业自由的权利后，她们中的相当一部分又重新走出家门，活跃在各个领域。她们甚至重新走进教堂，拿起课本。比如我的婆婆在六十岁那年开始学习英文，"学习，永远不晚"！她喜欢这样对儿孙们说。米勒太太则报名参加了一个绘画班，前段时间还跟我学习中文。

这代人旺盛的精力实在让人惊叹。杜塞尔多夫市区有个不错的养老院，据说要年满九十岁才能安排到位置。在德国的许多旅游景点，经常能看到旅游巴士载着一群群七八十岁甚至九十岁的老人在参观。

任何时候造访她们的家庭，永远是一尘不染的整洁，窗前盛开着鲜花。每个人都有几样妈妈私房菜，似乎很乐意传授给媳妇，大概是想让自己心爱的儿子们永远能感受到妈妈的味道。

我曾经试探性地问过婆婆，独居的她是否会考虑搬来与我们一起住，她很坚决地婉拒了。"你们有空经常来看看我，我就很开心。住在这里我已习惯了。"我明白，她是不想打扰我们的生活，同时也不想破坏她独处的那份宁静，毕竟这里留下了她所有的回忆。

每次跟这些老人们在一起，我总是喜欢听她们讲过去的经历，翻看她们年轻时的照片，在往事的追忆中，照片中的人和眼前的人相互交错撞击着我的神经，她们一如既往地低调，平静的外表下却蕴含着不可低估的力量。来德国八年，记忆中，我还没见过一滴德国老人的眼泪，哪怕是在一些参加葬礼的场合。

只有沉默。或许，在很多他国人的眼里，这是种冷漠，但如果去读读德国的历史，或许就会明白，这代人早已不再相信眼泪。

她们的儿女们目前正在德国的政界、工业界、学术界、医学界，向世人展现一个又一个的德国奇迹。

# 德国女人（下）

就像我们中国喜欢用 60 后、70 后、80 后等来形容一代人，德国人则用 Trümmerfrau，战后一族等单词来形容不同年代的人们。

战后一族，最出名的女子，大概当属德国的女总理以及女国防部长了。一个女子能让自己的声音在全世界的上空回荡，大概中国的父母们又得感慨：生女当如此，人生亦无憾。

德国联邦政府十五个政府部长，五位为女子；十六个州府，三位女州长，其中包括人口最多，与中国工商界互动频繁的北威州。

不少人很疑惑，以工业强国著称的德国，政坛却活跃着一批铁娘子，这体现了德国社会的宽容，还是德国女子实在太优秀？

特立独行的德国新一代女生

据说有个各国女子嫉妒排行榜，高居前面的是意大利，德国女子被誉为最不善妒者之一。虽说女子好妒程度与各自男子的花心程度是成正比的，但也从一方面反射出了德国女子的独立性和高度自信。

不少德国男子略带酸意地揶揄道，我们的女子还是女人吗？

我们来看看强悍的德国女子是怎样炼成的？

1. 德国非常成熟的社会保障体系，让所有境内的孩子们都能享受到公平、公正的福利待遇。比方说从出生开始领取的儿童金（每月每人 185 欧左右，家庭若孩子众多，第三个孩子起儿童金开始递增），最长可领至 25 岁；幼儿园到大学免学费；近三分之一的德国大学生还能申领到每月 100 到 600 欧不等的政府免息助学金。

这样一来，德国女子几乎都能受到良好的学校教育，也培养了不少的女博士、女教授。良好的受教育背景，让德国女子们可以轻易地找到工作。财务上的自由，带来的自然是精神上以及人格上的完全自主和独立，并进一步促使人们更加回归理性。

2. 德国社会通过各项法律法规的制定，尽量杜绝性别歧视的现象，如此一来，在公平氛围下成长起来的女孩子，她们的脑海里不会形成男女不平等的观念，也不会认为自己作为女子就矮一截。

大家不妨设想一下，通过电视台的新闻节目，女孩子们看到自己国家的女总理、女州长、女部长们在侃侃而谈治国理念，这对她们会产生怎样的心理暗示？会起到什么样潜移默化的作用？

3. 德国政府充分考虑性别特征差异，出台了特别详尽的对妇女儿童的法律保护条款。因为女子要担负生儿育女抚养后代的责任，常常不得不中断学业或者职业生涯。很多大型企业也通过设立企业幼儿园，灵活机动的上下班时间，为职业妇女尤其是单亲妈妈们的日常工作和生活提供便利。比如德国某大型纺织厂的上班时间是：早班上午5点到下午1点；晚班为下午2点到晚上10点，以此来配合德国很多学校下午1点的放学时间。还有一些德国公司的上班时间更加灵活，可以在早晨6点到晚上8点这个时间段任选连续八个小时。

德国超过三分之二的离婚案例，是由女方提出的。或许从中也能看出在制度的保护下，德国女方的独立性和自主性。

因为自由只能产生于没有恐惧的心灵或者说无惧的心灵。

反观国内的女子，更多的是出现在各类选秀，选美节目里。在豪华婚礼上，当男方的财富，女子的容貌摆放在一起，加上众人艳羡的目光，还有多少人认为女子的智慧应该比美貌更有价值？

一个社会，当女子无须靠取悦男子来获得生存的机会或能生活得更好的时候，这个女子才会表现出她特立独行的一面，她才是真正意义上与男人平等的。

而从小在男女不平等的阴影下成长的女子，多多少少是带有创伤而变得敏感。要在种种不公平中脱颖而出，她们不得不要么表现得比男人更强悍，要么屈就于男人的强权之下。她们内心的不安全感和恐惧感，有时会变成一种歇斯底里，从而缺了一种理性练就的从容不迫。

说到这儿，有个小插曲。这次与德国食品安全检测专家林森霍夫博士一家来中国，其间与国内友人一起进餐，推杯换盏之间，林森霍夫博士的先生提及，在德国，男人们一不进厨房，二不进洗衣房，因为那是女人的天地。在座的全将怀疑的眼光投向博士，博士只是笑笑算是默认。于是全体惊叹，在座女士们更是质疑德国男女平等的彻底性。

或许，当我们总是要刻意去强调什么的时候，我们正在经历着一种匮乏，一种内在的不自信。就像当我们炫耀自己的所有时，透露的却是害怕失去的内心恐惧。

德国女人远远不及东欧女子的娇媚，也没有法国女人的风情，亚洲女子的委婉，南美女子的奔放，但她们无所畏惧，独特孤傲，旁人欣赏与否，都无法阻挡其坚定的步伐。这样的女子，你可以不爱，但在与她们的目光对接中，你读到的是勇气和不妥协。

# 德国医生

前段时间，因为手臂疼痛，大家推荐我去一家德国私人诊所做针灸治疗。德国的就医环境的确不错，接待厅舒适明亮，有各类杂志供大家候诊时阅读。护士小姐偶尔会进来，耳语般请某位病人前去治疗室。

给我做针灸的是哈特曼博士，因为向往东方医术，他在德国医科博士毕业并取得医生证书后，先后五次远赴中国学习中医针灸。并最终回到德国，与另一位教授医生共同创办了这个针灸诊所。

大概诊所的中国病人不多，哈特曼博士见到我很高兴，在就诊时与我聊起他热烈向往的国家：中国。看到他谈起中国时眼里的光芒，我有些感动，又有些困惑。这位德国博士描述的中国，是我那熟悉的故乡吗？热情好客的人们，精业敬业的医生同仁……

他向我提及第一次到北京发生的趣事。那次他坐上出租车才发现忘了带酒店房卡，一时又想不起自己的酒店名称。结果，热情的出租车司机就载着他挨个涉外酒店寻找，直到见到他熟悉的那栋建筑大楼。"我们无法进行语言交流，就凭着手势比画，竟然在偌大的北京找到了我住的酒店。"

说到自己的中国医生同仁，他说自己去过中国的北京、上海、广东、南京、香港，留给他最深印象的是南京，我告诉他南京人对德国有种特殊的感情，二战时，西门子公司的拉贝先生将自己的住宅提供给难民，使其成为南京安全区 25 个难民避难所之一，保护了 600 多位难民免遭日军杀害，《拉贝日记》成为记载南京大屠杀的珍贵历史文献。哈特曼博士连说是的，南京的朋友带他去了拉贝纪念馆，"中国人是懂得感恩的一个民族"，他说。

另外哈特曼博士不解的是，在他眼里自己的中国同事都非常敬业，但似乎他们的病人并不相信他们。"大家为什么迷信德国医生呢？中医有千年历史，有其精妙的医术，为什么你们不把中医发扬光大，却将更多的精力花在西医研究上面？"对于哈特曼博士的很多问题，我只能以沉默来作答。

德国亚琛工业大学医学院。亚琛工业大学创建于 1870 年，欧洲著名的理工大学，该校校友共获得过六次诺贝尔奖（图片提供 Industry And Travel）

我知道，德国医生对目前德国社会的某些现象颇有看法。

德国因为实行全民医疗保险，人们不用担心生病没钱治疗的问题。但目前德国面临的问题是医生奇缺，德国的医院里有超过 30% 的医生是外国面孔。

外国医生无疑存在沟通方面的问题。大家都知道医生问诊是整个治疗过程中很重要的一个环节，中医有"一问寒热二问汗……九问旧病十问因"的说法。如果医生的德语说得不好，跟自己的德国医生同事们的沟通、合作以及跟病人的沟通都会受影响，并进一步影响到对病情的诊断。尤其是有些病症，兼有心理方面的作用和因素，很可能由于医生的鼓励，病人信心倍增而能很快痊愈。这更牵涉到语言甚至语言艺术的运用。

所以很多德国人抱怨，不是我们不相信外国医生，而是病人和医生的良好沟通实在是太重要了。我说的话医生都听不懂，怎么看病？

德国的本土医生去哪里了？

这得从德国医生的教育和培训说起。德国的孩子小学毕业后，会往三种不同的学校分流。成绩优秀的会分到文理中学，这部分学生大概占到小学毕业生人数的 40%。在德国只有文理中学毕业的学生才能上大学。

由于医科属于全德国限制性专业，所以在德国，中学生毕业要上医科大学，毕业考试成绩必须在 1 分—1.2 分左右才行（德国考试 1 分为最高分，5 分为不及格）。大概不到 10% 的文理中学毕业生可以达到这个标准。同时，因为并非所有合乎标准的学生都愿意去学医，所以德国学医的大学生可能不超过整体学生数的 1%，真正是百里挑一！

接下来学生需要读 8—10 年，才能拿到医学博士文凭，这个过程又会淘汰一部分人。这些百里挑一的精英们，是一定要拿到医学博士学位的。因为德语里面的博士（Dr.）与英文里面的医生（Dr.）是同词不同义，所以在德国医院里，只有博士们才能被称为 "Herr. Dr."、"Frau. Dr."（博士先生、博士女士），否则只能被称呼为 "Herr"、"Frau"（某某先生、某某女士）。通常病人也更愿意选择和相信姓名前加注有 Dr. 的医生们。

医生如此难以 "练就"，自然出现供不应求的局面，德国医院的医生们加班加点工作也成了常态。繁重的工作、巨大的精神压力，媒体会时不时曝光德国医生存在嗑药、酗酒的问题。

比较之下，工作相对轻松、工作环境不错、没有语言障碍而且工资待遇比德国高、纳税比德国低的瑞士成了德国医生们的另一选择。在瑞士的某些医院，德国医生的比例甚至超过德国本土医院。有些德国的医生则被英国、北欧诸国、迪拜等国家和地区高薪聘走。

所以，在德国医院里，原本稀缺的德国本土医生的面孔越来越少见。

德国医生为什么享誉全球？德国医生真比中国医生强吗？

首先德国学医的大学生都是学生中选拔出来的绝对精英。这不同于国内，每年各个地区的高考状元多数选择的大学不是北大就是清华，很少看到有选医科大学的。

德国顶级的医生们经常获邀参加各种各样国际医术交流活动，在这方面，我们确实有点望尘莫及，毕竟德国人已获得了25个诺贝尔医学奖。

至于普通医生之间的"较量"就难说了。

有些中国朋友在德国看病，医生态度倒是很好，可又是照片子，又是各类仪器检查，就是查不出毛病。回到中国，门诊医生看了，开了几副药方子，就好了。

俗话说，久病都能成良医。中国大夫们每天得看多少病人呀。在国内，哪家医院不是每天门庭若市，病人排了几小时的队，往往就跟医生聊上几分钟，有时医生头都不抬"下一个"病人就被打发去药房了。虽说态度比德国医生差远了，但医生几分钟就能将病诊断出来，而且很多时候还诊对了，这就是经验。

医生的医术固然关键，但医生的良心却更为重要。德国医生之所以普遍受到敬重，是因为他们中的绝大多数，真正履行了自己从医前的宣誓《希波克拉底》誓言："我，要凭我的良心和尊严从事医业；病人的健康应为我的首要的顾念；我，要尊重所寄托给我的秘密；我，要尽我的力量维护医业的荣誉和高尚的传统……"而这就是病人信任的源泉。

## 远亲不如近邻？

　　大家都知道孟母三迁的典故，好邻居如此重要，但在人与人之间缺乏信任，利己思维主导一切的今天，找好邻居之难度大概就形同买彩票。于是很多人想，与其企盼邻居变成朋友，不如将朋友变成邻居。

　　谈及邻里关系，相信我们很多人都有话要说。想当年，那个几乎家家户户徒有四壁的年代，每天到了空气中开始弥漫着饭香菜香的时候，街道上、弄堂里传来各家大人呼唤自家孩子的声音。那年代尽管穷（或许也正因为穷），各家各户的门几乎都是敞开的。慷慨的邻居大婶会将自己腌的咸菜、鱼干毫不吝啬地夹一大把给别家的孩子们。谁家炒年糕或蒸了馒头，也会招呼自家的孩子拿一些到左邻右舍去。孩子妈妈不在家，孩子们摔跤磨破了裤子，邻家大婶会拿出针线包，一针一线给缝好，手巧的还会在破损处给锈上一片叶子或一朵小花。炎热的

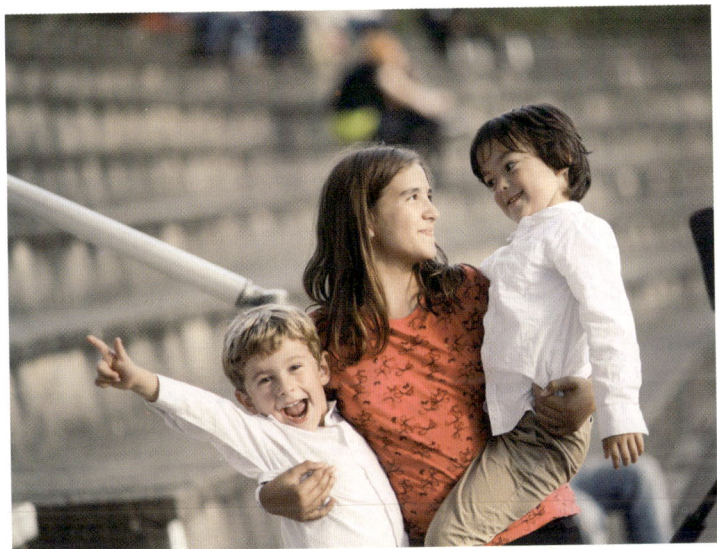
儿子与邻居（摄影 邱永勇）

夏天，每家每户拿上竹编的凉席，睡在外面通风的空地上。有时醒来会发现身上多了条毛巾毯，原来是邻居怕孩子着凉，帮忙加盖在身上的。

现在各家各户生活比以前富裕多了，但邻里关系却倒退了。每个人的通讯录里，微信朋友圈里，都是上百的联系号码，不知有几个里面有邻居的联系方式？

大家出门，可能永远是一个向左，一个向右。哪怕电梯里碰到，也只是点点头，更多的是漠然的沉默不语。因为装修的噪音和灰尘，因为卫生问题，因为宠物的饲养，为这些大大小小的问题邻里之间有时甚至大动干戈。左右邻舍还稍好点，碰到楼上楼下闹矛盾，这楼下的可能从此睡不安宁。每每睡梦正甜，楼上来几下锤子的敲击，从此失眠症忧郁症相伴相随。最夸张的甚至演变成神经质的惶恐，总有幻觉觉得邻居躲在厚厚的窗帘后面，或通过门上的猫眼在窥视自己。

受制于高昂的房价，尤其是那些方便孩子读书的学区房，家长们不能说搬就搬，于是，碰到邻里之间的龃龉，也只能一忍再忍。倍感痛苦的人士发出感慨，选择房屋，不如选择邻居。对国内众多的房地产商而言，这或许是一个新的挑战？

说了这么多，德国人的邻里关系又怎样呢？

以刻板和严谨著称的德国人，邻里关系似乎也不比目前的中国好多少。

　　我的一位女友，先生是德国的大学教授，本人也是位学者。前两年买了一套房，那种目前中国所称的联体别墅，没想到从此开始噩梦连连。

　　买房前，她们一家去房屋中介机构，还特意打探了隔壁邻居的情况。回答是，一对年轻德国夫妇，还有两个孩子。当时他们听了，觉得跟自己的情况很相似，说不准孩子们还多了玩伴。于是满心欢喜地将房子买了下来。在他们粉刷装修时，终于见到了以后长期隔墙而居的邻居。这是一对土耳其夫妇，有两个特别调皮捣蛋的男孩子。第一个照面，邻居夫妇那强悍的眼神，就让我那温柔又文质彬彬的女友不寒而栗。也许是女友一家的温文尔雅，壮大了对方的"胆量"，几星期后，她发现自家的后花园被对方招呼不打，侵入一块领地，邻居新搭建的小屋明显越界了。

　　于是，双方开始了没完没了的交涉。最后实在没办法，只好诉诸法律对簿公堂。对方属于明显的侵权行为，当然会输，判定其限期内将违章建筑撤除。但从此双方结下了梁子。很长一段时间，女友回家总会发现自家的院子里被扔了石头或烟蒂，想找对方又没证据。邻居家音乐放得震天响更是常事。每每碰到我，女友总是叹气。有次为安慰她，我跟她开玩笑：

"要不找个周末，我叫上几位中国朋友，到你家院子里去练练少林功夫？"

尽管她的案例比较特殊，但环顾四周，德国人的邻里之间，不管是德国人与德国人，还是德国人与外国人，据说近一半都互相打过官司。比如，隔壁邻居忘了修剪树枝枝叶，伸到了自家的花园；又如，超过晚上十点，还在开PARTY，过于喧闹；下雪天没及时清理自家门前的积雪等等。

在德国的报纸上经常刊有邻居间闹上法庭的故事。就像以下这个比较悲摧的事例。一对老年夫妇，因为与邻居产生过节，结果那个中年邻居经常弄出很刺耳的噪音，让隔壁这对夫妇难以休息。上了几次法庭，甚至那个中年人还由此被关了几个月的监禁，但只要他出来，就愈发变本加厉，这对夫妇最后只好将卧室换到自家后花园的工具房里……

一些德国邻居不但斤斤计较，而且有时还会充当"告密"的角色。如果哪天谁停了一辆超豪华车在自家院子里，有可能会有税务部门找上门来。因为曾被你得罪过的邻居或出于嫉妒，或出于报复，怀疑你有不正当收入，而去税务部门参了你一本，要求调查你。

可见，无论是在中国还是德国，抑或世界上任何地方，邻居的好坏一定会影响到你的生活品质。拥有一个好邻居，立马让你的生活轻松不少。

在德国，因为很少有中国那样三代同堂结构的家庭，邻里间的互相照应有时就显得尤为重要和珍贵。就如，现代人越来越喜欢网上购物，而被称为"服务沙漠"的德国，包裹投递服务时间通常与大家的上班工作时间一致。所以很多时候，如果邻居愿意帮忙，包裹会被寄放在邻居那里。又比如，父母双方都脱不开身，委托邻居代为接送自己上学的孩子……

好邻居如此重要，于是很多人想到，与其企盼邻居变成朋友，不如将朋友变成邻居。在德国，就有不少人，相邀朋友一起买地建房或一起购房。身边多个值得信赖和兴趣相投的朋友，生活也更添了一份心安和愉悦。

你有好邻居吗？

# 在德国吵架

我小时候，父亲在五七干校接受再教育，母亲被发配到一家建筑公司教工人的孩子们念书，因此我们的家也安扎在了建筑工人居住的棚区。

每天放学回家又无所事事的时候，我就喜欢趴在窗口，听那些泥瓦匠、搬运工们的婆娘们骂架。傍晚时分，伴随着各家的锅碗瓢盆的奏鸣曲，不时传来耳边的就是谁家打骂孩子的哭叫声，男人对女人的呵斥声……

这帮人虽然外貌粗鄙，但似乎对有学问的人还是蛮客气和尊重的。平常家中烧个什么好吃的，或去河里捞了些鱼，都会差孩子送到我家来。

大概觉得我和妹妹是女孩子，应该斯斯文文。每每遇到邻居骂架的时候，母亲都会将窗户关上。但那样的房子隔音效果可想而知。长大成人后，我家小妹倒是很少骂粗口，只是一直

与父母在一起（摄于 2015 年 12 月底）

有种冷幽默；而我却与她不同。虽然因为父母严格的家教，以及从小爷爷奶奶的传统文化的熏陶，让我不得不举手投足表现得像个有教养的女子，但另一面，我又对那些痛快淋漓的骂架极感兴趣。于是，我将这些当作宝贝暗暗"藏匿"起来。或许也缘于自己认为那些建筑工人以及他们的家属其实都挺善良的，所以并不排斥他们那种特有的"无产阶级"语言。

后来参加工作进入社会，我自认为那些儿时耳详目熟的民间语言，为我提供了很大的帮助。一个文质彬彬的女孩，动起怒来，不亚于一个粗野的村姑。也因为这"不打不相识"，吵吵闹闹中与不少工厂主，尤其是一些乡镇企业老板构建了良好的合作关系。他们认为难得一位外企高管和他们说同样的语言，没有那种装腔作势的做派，"呵呵，跟咱一样，是自己人！"他们经常这样说。

只是父母有时会说我几句："你一个女孩子，从哪学来的这些骂人的粗话？"

我逗趣说："这贫下中农的话，才是最朴实最生活化的语言。尤其是想发火的时候，我觉得这是最动听的。"父母也拿我没办法。

与先生结婚前，他也见识了我好几次"唇枪舌剑"，尽管听不懂，但他告诉我，我吵架时的神情蛮有意思的，很真实、很自然。

倒是我妈妈再三叮嘱我："去国外，你就要注意点，这还有关我们中国人的形象。"

到了德国后学德语。听说学骂人的话最容易记住，于是请先生教。他说："我们德国没有骂人的话。"

我当然不信，于是翻书找，确实少有发现。不甘心又去网上搜，终于相信，这德国人还真不怎么骂人。那么努力寻找的结果，打印出来还不到两页纸。捧着这两页纸，我先找自家先生操练。他听了几句，忙把耳朵捂上说："你上哪找到这么过分的句子？"

我心想，你也太夸张了吧，这跟我们汉语言来比，可是连小儿科都算不上呀。

可在德国，街头也好，邻里之间也好，确实很少看到吵架的。为鸡毛蒜皮闹上法庭的不少，但打官司大家也是摆道理，讲理由，并不吵闹。

　　我暗想，难道德意志民族真比我们千年历史的泱泱大国民族更文明？

　　有一次，在德国的公共场所，我与一位土耳其人发生争执。回到家，我将事情的来龙去脉告诉了先生，他乐了，看我的眼神充满佩服。没想到我这么一位纤弱女子，竟然将他们德国人平时敢怒不敢言的话淋漓尽致地在公共场合抖搂了出来。不过，先生还是提醒我，幸亏我是中国人，否则，法院的传票可能就要送上门来了。

　　骂架也会吃官司？翻书查找，这下我算明白了，这德国人并不是涵养更高，而是德国政府管得太宽，把各种骂人的话都按轻重列明了罚单。比如骂对方"蠢货"、"母猪"、在购物网站上留言说卖家是骗子、朝着对方用手指敲打自己脑门或太阳穴，意指对方有毛病等等，这些都很可能被冠以伤害、毁谤等罪名而吃官司，少则罚几百，多则上千，甚至监禁几周。这么看来，德国人的脾气是被口袋里的钱包给压下去了，久而久之，德国人整个民族的涵养就被逼出来了。

　　先生的一位建筑师朋友，有一次就很冤地被告上了法庭。当时，他将车停在路边，进去办完事情又急着要赶去另一个约

定地点。可等他出来，发现自己的车被一辆送比萨的车给堵住
了，于是只好等。没想到这一等就是二十分钟。等对方慢悠
悠地从大楼里出来，他自然是满腔怒火，对方是位 × × × 人，
当时倒也没发生太多争执，他余怒未消地开车走了。可没隔多
久，法院传票来了，对方说他当天的言语中含有民族歧视。他
在法庭上陈述自己并没有如此语言，但对方咬定他说了。在双
方缺乏证人的情况下，德国法官判定建筑师朋友有过错，需要
判罚 1000 欧元！

　　这个判罚当然引起了德国人的不满，说什么时候这外国人
跟我们的警察同等待遇了？说到这，需要跟大家解释一下，德
国的警察，在德国是享有很高声誉的。如果某人与警察在争执
过程中，仅仅因为对警察不用尊称"您"却使用"你"，那么
上了法庭，再辩解都无济于事，法庭还是会采信警察，光这不
用尊称就得判罚 600 欧元。（整体来说，德国警察确实蛮敬业
的，基本上撑得住自己的声望。）


　　在德国，欺负中国人的，往往是些外国人。毕竟与德国人
吵，底气不足，说到底还是在人家的地盘上。但他们仗着比大
多数中国人更会说德语，或者在德国生活的时间更长，再加上
逐步摸透了中国人喜欢息事宁人的脾性，于是更加肆无忌惮。

　　我的一位堂叔从上海来德国出差，在汉诺威火车站等朋友，刚拆开一包香烟，马上上来几个人，名义上是向他要烟，实则为抢。他只好把整包奉上。

　　这几年，也偶有报道，晚上地铁站乘客被无良青年无故殴打的事件。前些年一位泰国德国混血儿，在街上被几个土耳其青年殴打致死的事件，更是在德国各类媒体掀起了大规模的讨论。但各种访谈也好评论也好，甚至再加上无数专家的点评，最终的结果也只是场讨论。德国对罪犯太人性化的照顾，确实在社会上引发了不少的争议。但惯于服从法律的德国人，哼哼几声而已。

　　"干吗要吵架，要以理服人！说到底，情绪是智商不够的体现"。这是以理性著称的德国人经常挂在嘴边的话。我反驳说，我们小学生课本里都有"对待同志要像春天般的温暖，对待敌人要像秋风扫落叶一样无情"。

　　"那我问你，谁是你的同志，谁是你的敌人？和平年代，拜托不要老把敌人两字挂在嘴边"。

　　"我们中国人历来都是：人不犯我，我不犯人；人若犯我，我必犯人。"大概因为这中文一翻译成外语，力度顿时减弱不少，铿锵有力变成了虚张声势，先生看了我一眼，以让我抓狂的冷静说了句："秩序不是骂出来的，是靠法律的严谨和大家对法律的尊重建立起来的。"我不再吭声，心想：自己还得抓紧修炼，练就一种骂人不带脏字的本领。当然还得把中国功夫学好。

# 感性与理性

什么是理性？什么是感性？科学的说法是：感性是人类经由感官，对于事物直接产生情绪的一种能力；理性则是人类能够运用理智的能力。

而我对此的通俗理解：发自内心的情感是感性，经过大脑审慎思考后产生的东西是理性。

在世人眼里，德国是个以严谨、认真著称的充满理性的国度。理性通常是个积极的正能量的词汇，可在德国住了九年，我却对理性与感性的概念及其共生关系越来越困惑。

究竟怎样的生活理念会给我们带来更多的快乐？

英国作家霍勒斯·沃波尔（1717—1797）的一段话"生活对理性的人来说是喜剧，对感性的人来说是悲剧"经常被国人引用。出于好奇，我查找该位作家的生平，发现这位出身显赫

德国教堂

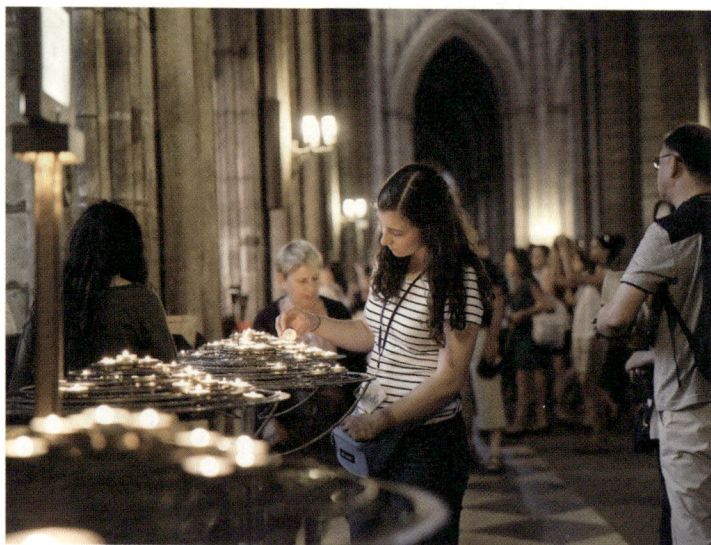

教堂里的女孩（摄影 邱永勇）

的伯爵作家本人充满浪漫气质，其丰富的人生经历完全可以用感性来概括，而他的一生在我们看来无疑应该是快乐的，唯有一件事：终身未娶，或许是他理性考量的结果？

德国人非常理性，但同时德国人又都有很浓厚的宗教情结。宗教既然是种信仰，自然应该归属于感性。我们是否可以以此说明德国人也是非常感性的呢？德国也常常被人们称为"诗人和思想家"的国度，诗人难道不是感性的吗？

德国人对自己的评价是：以理性为基本的感性。

我想起很早以前，有一次我带不到一岁的儿子去超市购物，儿子坐在儿童推车里。当时应该是晚上八点多。这时走过来一位德国老太太，她很严肃地对我说："现在这个时间，孩子应该是在他自己的小床上睡觉，而不是跟妈妈在超市。"当时的我被她说得很不好意思。先生出差回来后我向他提起此事，他很认真地告诉我，这是典型的德国老人的做法，因为妈妈的理性和时间观念会影响孩子的一生，而孩子不但是父母的，更是这个国家的未来，所以老人认为她的提醒是义不容辞的责任。

而我在德国报纸上读到的另一个故事，则更让我大跌眼镜。一位外国男士娶了一位德国太太，一天其岳母登门造访，发现自己的女儿酗酒，于是马上打电话招来警察，要求警察将自己三岁的外孙带离。警察对该夫妇俩警告后并没有将孩子带走。当岳母娘第二次登门再度发现酒醉的女儿后，强烈要求警方无论如何必须采取行动，否则要告警察不作为。目前，这位外国男士每周只能由专人陪同在社会福利机构见上自己三岁的儿子一面。何时能接回自己的儿子，还得看法院的裁决。

事件中的岳母娘认为女婿无法做到有效规劝和制止女儿的酗酒，所以两人都不具备为人父母养育孩子的资格。

这些是德国人惯有的思维方式，或许在我们看来甚至是有点冷血的理性。但他们认为任何事情首先必须符合规范，规范能成就理性。一个非理性的社会，全民处于癫狂状态，就像一台失控的战车，对人类和社会的进步势必构成极大的威胁，是一股可怕的摧毁力量。在德国人的日常生活中，感性让位于理性非常正常，"这还需要讨论吗？"他们通常会这么说。

再讲一件德国法律"冷血"的事例。有个罪犯 2003 年绑架了一名儿童，并将该儿童杀害。罪犯受到了法律惩罚，被判终身监禁。这混账在牢里开始学习法律，待了几年后，通过律师对当年的办案警察提出控告，说警察在审讯他时用了极端威胁的语言，导致他受到了精神伤害，所以要求国家赔偿。2011年德国法院在经过一系列取证、调查后，认为警察在办案时确实使用了不当语言，该混账可以得到了一笔 3000 欧元的精神损害赔偿金。

当然，这件事在德国引发了一场讨论和争辩。但绝大多数德国人在气愤之余仍然认可法律的裁决。因为法律是不能容忍感性因素掺入其中，任何违规操作，都可以被提出控诉。换句话说，即便法律条款有荒谬之处，在没有被修订之前，大家就得遵守，这才能在最大限度上保证其公平、公正，并维护其严肃性。

我曾经与德国人争论一个问题，一个偏感性的人来到重理性的国度，相比一个理性的人去一个偏感性的国度，谁更容易适应？谁会更快乐？德国人都认为前者更容易适应，因为理性可以通过模仿、学习去培养。比方说，不守交通规则的人们到了德国，很多都会在红灯前停住脚步。相反，一个人一旦形成了凡事思考的习惯，再去到凡事无序只凭感觉做事的国度，那是很让人抓狂的。南欧的意大利人被普遍认为是个偏感性的民族，早些年去意大利工作的德国人往往抱怨连篇，认为意大利人做事太感性，经常任由自己的意识支配去行动，这让做事讲究章法和程序的德国人无所适从。

可是他们回答了适应性的问题，却没能回答谁会更快乐的问题。

前些日子，我们认识的一对德国医生夫妇，双双服药自杀，以这种极端的方式寻求精神解脱。而德国也有不少警察服用抗抑郁药物。

以守序、理性著称的德国人以及日本人，忧郁症患者居全球之最，自杀率也排名世界前列。德国人孤独的内心，就像德国漫长的冬天很难被阳光渗透，同时历史的回音依然在压抑着这个国家，一味压抑感性推崇理性，让人类与生俱来的感性空间受到压缩。内心强大者可以为自己开发情感宣泄的渠道，但情感脆弱者却直接走向崩溃。2009年，当年德国国家足球队的第一门将罗伯特·恩克因抑郁选择卧轨自杀。2010年，德国足球总会成立了以他命名的基金会，用于守门员的心理辅导。

德国人的理性与自律制造出了闻名世界的精密仪器，成就了德国的制造业，在战后的废墟中重新缔造了这个国家的辉煌，却无法创造出更多欢快因子。

德国人私底下虽然经常嘲笑意大利人的散漫、自由化的无序，可他们的内心对意大利人是羡慕的，意大利人把生活当作艺术来享受，在美酒、美食、美景中抒发激情。德国人却是把生活当作工作来规划，在时间表、计划、各种数据中进行归纳和分析，他们在生活中不但强调自律，更推崇简约及效率，中国古代圣贤的"君子慎独"精神在德国得到了很好的诠释。

虽然感性、理性因人而异，但总体来说，感性需要理性的引导才能深刻、持久，并不至于偏离方向；而理性也要借助感性的渠道才更容易被接受和认同。理性与感性的平衡才是生活的最佳状态。可惜人生的设计没有完美的，更多地追寻内心的声音还是服从理智的安排，谁来决定？怎样决定？

# 德国眼看世界

# 在德国看"追梦"

上个周末，一个朋友在微信群里分享了某卫视的一期节目。当期节目的主人公（片中称追梦人）为医学院临床专业大四的学生，其凭着专业第一的优异成绩，被保送读研。30 分钟的追梦节目围绕她的故事展开。

23 年前的雪夜，出生当天的她被亲生父母遗弃。从小患有严重支气管炎的养父（当年 37 岁）在雪地里拾到了她。从此，一个弃儿、一个终身未娶并身患重病的养父、一个从小失去健康生活不能自理的叔叔（养父的弟弟），三人组成了一个特殊的家庭，相依为命。养父为女孩取了个很好听的名字：雪凤（冬雪天的凤凰）。

看到片中女孩令人震惊的一贫如洗的家，再听到片尾，女孩流着泪婉拒节目主持人的捐款，"已经够了，真的够了……我自己会努力的，我自己的人生我自己可以努力。"我落泪了。

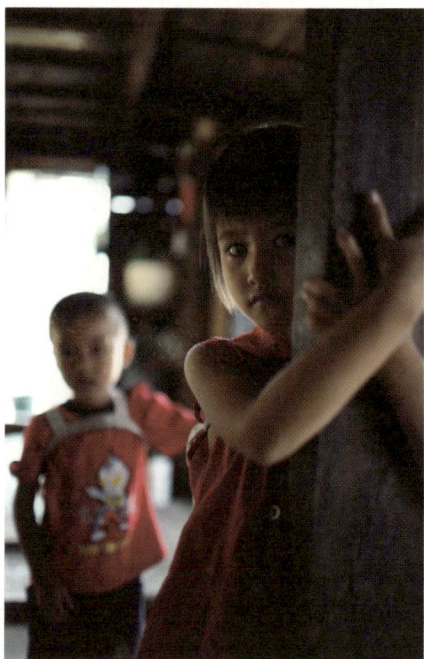

在德国看"追梦"（摄影 罗宏）

当时，先生的几个朋友在我家，忙问我怎么了？获知原委后，他们也一起观看了这段视频。看完，不知是因为译成德语后失去了汉语的感染力，还是因为德国人历来遇事不冲动，喜欢理性分析的缘故，总之他们表现出的是极度的不解和困惑。

他们问我：怎么可能有这样的事情发生？为什么邓（雪凤）父从小染病，拖到 60 岁直到生命垂危都无法去正规医院检查、诊疗？为什么那个从小弱智的叔叔，只能靠他同样重病的哥哥照顾？为什么成绩优异的大学生要选择退学？

中国不是已经是世界强国了吗？中国富人不是包揽了世界奢侈品的大部分，而使中国一跃成为世界第一奢侈品消费大国了吗？

我一时不知怎样回答，这一连串的问题岂是三言两语可以解释清楚的？

他们又对该节目以及电视台提出质疑，因为这是位漂亮美丽的女大学生，凄凉的身世、顽强的毅力、皆大欢喜的结局，不但赚足了观众的眼泪和眼球，还大大提高了电视台的收视率。这跟前不久，某电视台让几个没鞋穿，长年光着脚丫的孩子们，站到电视台演播大厅一样。我们感性地流下眼泪，理性的德国人却抑制不住地愤怒。任何一个有自尊的孩子，都不会愿意在大众面前展现自己的贫穷，接受别人的同情、眼泪还有捐赠。节目中的女生有一双特别明亮而清澈的眼睛，她恐怕也不愿意以这样的方式来博得大家的同情。但为了父亲的病，为了自己学业和梦想，她站到了舞台上。

在德国，大家通常会小心翼翼地维护贫穷者的自尊。尽管每年有近三分之一的在校德国大学生，可以获得政府不同程度的助学金，但学校从不公开获得助学金的学生名单。在一些需要收费的游乐场，贫困家庭的孩子们会事先获得与其他孩子们同样的没有区别的票券；而在德国的公立小学，如果孩子选择下午继续留在学校的全日制，学校会根据家长的收入情况免费或收取最高每月 180 欧元的费用，但这些都是不公开的。

这样，孩子们感受不到自己与众不同的贫困，也最大限度避免了贫困可能带来的自卑。

孩子们幼小的心灵，需要社会和成人们小心谨慎地去呵护，用爱、公平和公正。

举个例子，国内很多的孩子们，就像片中的雪凤一样，选择当医生主要原因是从小觉得就医太难，父母亲太辛苦、太累

追梦（摄影　罗宏）

在德国看"追梦"（摄影　罗宏）

了。如果自己将来当了医生，家里人就医就方便多了。

而德国的很多孩子选择当医生，是因为他们觉得这个职业很神圣，可以减轻病人的痛苦，可以帮助到很多人。

同样的选择，一个是因为痛苦，一个是因为信仰。

德国人另外的质疑是为什么要捐钱，而不是由节目组或捐款人出面，将邓父安排进医院接受诊治？因为德国人担心片中的女孩子辛辛苦苦勤工俭学才挣到 3000 元，用于自己养父的治病，这是她的骄傲和自豪。而在 30 分钟的节目结束时，她收到了 21 万元的捐助，这是个怎样的概念和对比？对一个纯情善良来自贫穷落后山村的女孩子来说，这突如其来的一大笔钱会否对她的人生观、价值观造成巨大的冲击？

中国电视台的煽情节目越来越多，我所见过最离谱的是将一个富家子弟和一个贫穷家庭的孩子互换，在对方的家庭生活一段时间，媒体每天跟拍。这节目当然也吸引了很多观众，但我无法看下去，因为我不知道那个贫苦家庭的孩子，经历互换后再如何去面对以后的岁月。我们为什么要去伤害无辜的孩子们？

　　德国朋友们问我：中国这些电视媒体，有几家成立了专门的慈善机构？中国的明星、歌星、球星，有几个成立了慈善基金？你今天帮了一个美丽而又有才华的女大学生，可还有成千上万的"邓雪凤"在苦苦期盼着救助。片中的主人公是幸运的，也因其自身本就非常的优秀，而那些长相平平，甚至有残疾的弃儿，他们可能永远也没有机会得到媒体的垂青和关注。

　　真正的慈善是发自内心的爱，而不是煽情的秀。

　　中国古代就有"赈穷救急，倾家无爱"的说法。唐代的白居易在穿上新棉袍时会发出"安得万里裘，盖裹周四垠，稳暖皆如我，天下无穷人"的感慨。古人都有这种兼济天下的豪情，但就在今天，也因为这触目惊心的贫穷，一个美丽的女大学生站到了舞台上。屏幕上在演绎她贫寒的家庭，银屏外还有更多的孩子们在为生存苦苦挣扎。我们看到了雪凤的眼泪、无数现场观众的流泪，节目主持人的现场飙泪。可我们依然听不到更多孩子们的无助的哭声…

　　当天在家的朋友大都是德国的医学博士，他们每年都会为各种慈善组织捐款。其中一位提出，是否可以向某基金会捐款或成立一个机构，去帮助中国那些真正需要帮助的孩子们、学生们。我不想在他们面前表达自己对国内很多慈善机构的失望，在富有奉献精神的德国人面前，我常常会无言。他们把帮助别人当作自己的职责，甚至会感谢被帮助的人让他们的心灵得到救赎。或许这就是信仰的力量?!

中国到处都在宣扬成功学。什么是成功？如果你能帮助一个或几个甚至更多的人梦想成真；如果你能通过自己的行动，让更多的人获得温暖和希望；如果因为你，这个世界变得更美丽一点，那你就应该是成功的人。

或许从德国朋友们的质疑声中，我们可以好好想想，我们能为自己的梦想、孩子们的梦想做些什么？

# 德国媒体

当代社会，人们通过不同的媒体去了解外面的世界，而媒体也向我们提供更多观察世界的视角。在世界纸媒体一片哀鸿的境况下，电视媒体却依然风光照旧。今天我们就来聊聊德国的电视媒体，尤其是那些公立电视台。

我们网站的子可同学为了更好地学习德语，买了台电视机（每天看电视新闻和比较简单的德国肥皂剧，确实是提高德语听力和词汇量较好的途径）。这电视机买回来后，看了一段时间，子可开始感到恼火了。因为德国电视台一播到中国的新闻，大部分是负面的。而且我们上海、北京、深圳等繁华的国际城市，那些现代化、时尚大气的建筑物人家不拍，却专找一些破破烂烂的石头屋，满面愁容的乡间大妈、老大爷拍。

比如说 2008 年的北京奥运会，那场美轮美奂、惊艳中外的开幕式，大家可能记忆犹新。但德国负责解说的女主播，却刻薄地评论："这么完美、整齐划一的舞蹈，舞者肯定是在高压下痛苦地完成的，他们就像一群机器人。"当时通过直播观看表演的在德中国人，包括一些德国人都对此解说表示不解甚至愤怒。我们也给德国电视台留言："我们在欣赏如此赏心悦目的表演时，能不能请您不要在我们的耳边聒噪。"德国电视台自然没对我们的留言作出任何答复。但从此以后，看到这位女主持的节目，我就换台。倒不是标榜自己怎么爱国，一位观点如此偏颇的主持人，是无法赢得我的尊重和喜爱的。

德国这些公立电视台怎么了？这些媒体人又怎么了？

德国电视台分为公立电视台和商业电视台。公立电视台顾名思义是捧着国家饭碗的，自然也就可以享受很多的国家政策红利。2013 年 1 月 1 日起，德国公共广播收听费用管理中心（GEZ）实行新的规定：德国每家每户，无论是否有收音机、电视、电脑等公共广播电视接受设备，每月都必须缴纳 17.98 欧元的公共维护费。别小看这每户 17.98 欧元，每年大概为 70 亿欧元的进账。另外这些公立电视台还有不菲的广告收入。

作为观众能享受到的一个好处就是：德国公立电视台每晚八点钟后，不得播放任何商业广告。所以，至少大家能从头到尾看完一场并不太精彩的电影，而不像那些商业电视台，只能靠广告收入维持。

这些属于国家或州政府的电视台、电台，每年有这么一大笔法律保障的收入，媒体从业人员尤其是它们的高层管理人员，自然就能享受高薪和丰厚的福利。只要不发表太出格的言论，行为靠谱点，饭碗是不会丢掉的。

既然拿着政府强令纳税人交的钱，那么这些公共电视台每天播出的节目内容，就得经过一个专门委员会的审查，政治倾向、价值观念等等都以保守、循规蹈矩为标准。当然，从某些方面来说，这也比较符合刻板、中规中矩的德国大众口味。因此，尽管公立电视台的节目太出彩的不多，但平均仍然有13%左右的收视率，略高于私人电视台的12%。

高薪养廉，但高薪高福利也养懒汉。

每年的七八月份，德国人纷纷开始休假，电视媒体人也一

　　坐落在德国北威州的西德意志电台（WDR）电视台是欧洲最大的公共广播电视台，德国大部分电视节目都是在北威州制作完成的

德国杜塞尔多夫电视塔

样，先后开始了长达六个星期的外出度假。这个时候德国公立电视台的节目多为重播节目。据说为了承担更少的风险，降低成本（公立电视台工作人员薪酬太高），他们还经常将节目制作外包出去。当然最终的决定权和话事权，他们还是紧紧地抓在手上。

比如，目前德国国家足球队的新星马里奥·格策，该球员拥有极其出色的技术能力。但他以前一直不太接受媒体的采访，所以电视台等媒体，对他也是不太热乎，当然也找不到理由去贬低他。年满二十二岁的他，大概变得比较成熟了，开始比较配合媒体。投桃报李，媒体也开始对他不吝赞美之词。

由此，想想德国公立电视台对中国方面报道的态度，也就明白了。

在这里，很多选择当记者的人都是怀有理想主义情怀的（至少起始是这样的）。而有些甚至具有一种病态的理想化情结，或许委婉点说是激进的理想主义者。拥有话语权的他们，工作时间长了，难免会培养出极强的自尊心，而且过于在意自己的表现和影响力。

当他们认为某个体制与其认定的价值观相违背时，而该体

制的记者同行又没有应有的话语权时，他们就会在相关报道中
失去应有的公正公平，显得主观偏激。

所以，我们以后再遇到德国公立电视台针对中国失之偏颇
的报道时，也用不着太过激动和气愤。墨守成规、害怕创新和
冒险的他们，除了翻来覆去倒腾一些安全系数比较高的陈词滥
调外，体制内的他们也折腾不出多少新鲜和有独特见解的东西
出来。

看看巴西世界杯期间，拥有独家播放权的德国公立电视
台，居然没有自己的足球场外评论员（不是足球比赛解说员，
是那种赛前赛后在电视上露脸的评论员），只好高薪去商业电
视台挖角。没有危机感的他们，不但失去了敏锐的触角，也不
再拥有伯乐的慧眼。也因此，对他们偶尔的自说自话，我们权
当娱乐，大可一笑而过。

# 德国人看世界杯（上）

进入五月份，德国人就开始了对四年一度的世界杯的期盼。啤酒的销量大增，超市和商场不失时机地推出与世界杯赛相关的产品和赠品。总之，这个足球强国的节日氛围早早地就被热情的球迷、各路商家渲染得铺天盖地。

当初在国内时，我也曾天真地认为，如果我们舍得投资，开办更多的足球学校，将更多的孩子送到欧洲或南美去训练，中国的足球很快就能冲出亚洲，晋升世界强国。

可到了德国，我才意识到这的确不是靠几个钱几个学校，一批孩子，就能突破的困境。就像中国悠久的食文化让中餐馆遍及世界各个角落，欧洲的这种足球文化，经过代代传承，早已深入他们民族的骨髓里，成为民族文化的一部分。

德国人不会重男轻女，但因为婚后妇随夫姓的传统

（以前这条甚至是法律规定和约束，但20世纪90年代该项法律条文已被取消，但传统还是延续至今），更因为德意志民族对足球运动的疯狂热爱，家里添个男孩，做父亲的还是极度欢喜的，"哇，将来我可以带儿子去踢足球！"这往往是他们本能的第一反应。

许多德国的小男孩，在学会走路前先会踢球，这绝对不是夸张的说法。迷你足球经常是小男孩们从父亲那里得到的第一个玩具。我还见过一些球迷妈妈们抱着自己几个月大的孩子，让他们不停地用脚去触摸吊在自家院子中的小足球。

德国的大小城镇，几乎每个区都会有分年龄段的足球俱乐部。放学后，那些绿茵地上全是奔跑着的孩子们，运球、传跑、射门，个个像模像样。

足球这种对抗运动，除了在奔跑中展现力量外，同时也是团队之间，意志力、纪律性和智慧的比拼。不同于马拉松赛跑、举重等竞技项目，足球看重和依靠的是整个团队的一种默契配合。球员们在场上奔跑时，需要瞬间判断出是自己拔脚射门，还是将球精确地运传到队友的脚下。

同时，在先失球甚至大比分失球的情况下，还要保持冷静，不轻言放弃，争取翻盘的可能。

球员们这种良好的心理素质，绝佳的竞技技能，极具大局意识的团队精神，不是简单的几个足球学校可以催生出来的。

本次世界杯赛开赛以来，上届世界杯冠亚军西班牙队与荷兰队之间的那场比赛，让大家跌破眼镜。比分 1：3 时，德国人开始喝着啤酒，发表意见，西班牙这场输定了。

在德国人看来，那种首先连失三球，最后还能反败为胜的活，似乎是德国队的专利产品。

而德国人的内心，似乎对自己的邻居荷兰人很有好感。荷兰的国歌歌词开篇就写道：我威廉·凡·那叟出身日耳曼血统（Ben ik van Duitsen bloed）……

大概这句"身上留着日耳曼的血"让德国人倍感亲切吧。

（如果这世界上有那么个中国以外的国家，其国歌歌词写着"我身上流着中华民族的血"，相信我们中国人也会对这个国家的人民充满好感。）

我的儿子也是力挺荷兰队，作为德国拜仁俱乐部的忠实小球迷，他对近五年一直签约拜仁的荷兰国脚罗本非常的喜欢和崇拜。那天，硬是强撑着看完整场比赛。5：1 的结局，让我

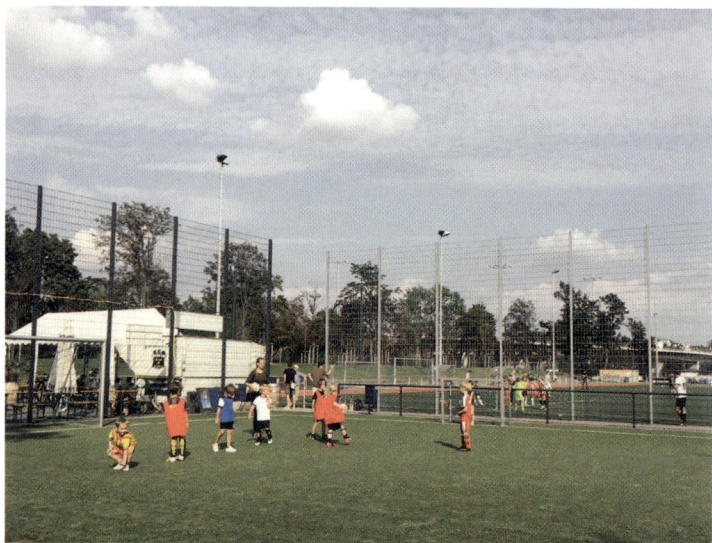

德国到处可见的足球场

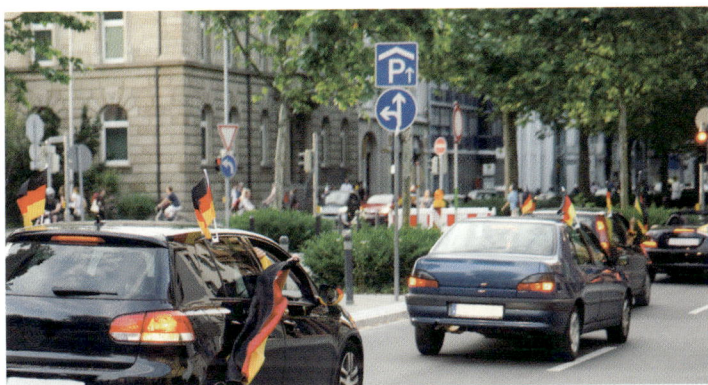

2014 年足球世界杯期间的德国（图片提供 VRD）

们家的大小球迷都非常地兴奋。睡觉前，儿子突然问我："妈妈，如果德国队和荷兰队对阵，罗本会代表哪个国家？"我回答说："那当然是荷兰队了。"儿子很失望地嘟囔着："这太不公平了，这太不应该了。"

自己喜爱的德国俱乐部的球星，怎么可以代表另一个国家来迎战自己的国家队？这对一个五岁多的孩子来说太难以理解了。而这可能就是足球文化中爱国主义精神的初步萌芽吧，当然其中还夹带有那种对身份感和归属感的认同。

今天（周一）下午六点（德国时间），德国队对阵葡萄牙。一大早，德国街上的大小酒吧、饭店，甚至某些住家的窗台、阳台上，都挂出了德国国旗，有些还多挂一面葡萄牙国旗。

一些来往车辆的车顶，或车辆的后视镜上方，也有一面小国旗迎风飘扬。

许多家庭早早就在自家院子里架起了烧烤架，啤酒在前一天已放进冰箱冷藏。下午还没到下班时间，许多德国人就匆忙往家赶，或赶往酒吧、餐馆（德国的大小餐馆、酒吧，很多年前就开始全部配备了那种外挂的大屏幕）。敢情这天德国企业都提早收工？

我家的庭院里，也聚集了好几个德国朋友和邻居。开赛的前一刻，我能感觉到所有在座德国人的紧张，当德国国歌开始在球场奏响时，几个德国人嘀咕着表达自己的不满："那几个外裔德籍球员为什么总是不开口？"大概前几天荷兰队比赛，不管什么肤色，演奏国歌时，个个唱得非常投入，这让德国人由衷羡慕。

不过，德国人对他们的女总理再次出现在世界杯赛的比赛现场，以德国第一球迷的身份当啦啦队为自己球队助威还是比较满意。这也为她的形象加分不少。

这场本有悬念的比赛，在上半场 32 分钟德国队就以 2：0 领先，对方一名球员还被红牌罚下，这个时候的德国人情绪明显放松，开始有说有笑。

全场结束时 4：0 的比分，已在大家意料之中。而德国队的球星托马斯·穆勒上演了本场世界杯开赛以来的第一个帽子戏法，一场赛连进三球。

赛后，看着 C 罗沮丧的神情，不由想起意大利队那个当代最具浪漫主义色彩的国际巨星罗伯特·巴乔，当年望着他落寞离去的背影，自己也忍不住潸然泪下。球场犹如人生，九十分钟之间，有奔跑、有对峙、有拼抢、有厮杀……你还能看到眼泪、受伤，感受到喜悦、愤怒、激情、无奈、痛苦，一代又一代的球星，来了又离开了。球迷们还在，总是在新一轮的希望和失望中痛并快乐着。

或许，有时候我们已分不清楚，场上奔跑着的是自己喜爱的球星，还是自己人生的浓缩？

德国队，希望你一直向前，再向前……

写于 2014 年 6 月 16 日深夜德国—葡萄牙赛后

# 德国人看世界杯（下）

　　6月16日晚德国队与葡萄牙的赛后，自己写下第一篇关于2014年世界杯的文章《德国人看世界杯》（上），并祝愿德国队：请你向前！再向前！昨晚德国队终于第四次夺冠。个把月来，一直悬着的那颗心终于可以放松一下了。各种媒体铺天盖地都是关于德国的文章，今天就让我们聊点轻松点的，在世界杯上德国队的一些花絮。

　　先来讲段德国人的幽默。半决赛，荷兰对阵阿根廷。赛前荷兰队教练致电德国队教练，寻求精神上支持："老兄，今晚我们跟阿根廷踢，估计这场球会（踢得）很艰难。"

　　德国队教练非常"善解人意"地安慰他说："我很能理解你此刻的心情，因为四天后，我们也要迎战阿根廷。"这则德国人编写的充满自信又带调侃的笑话，在半决赛前传播，笑翻一众德国人。

德国人骨子里的民族自豪感非常强烈。但大多数情况下，他们会小心翼翼地掩藏好。相比日本队在赛前放言"日本队要夺冠也不是没有可能"这种让人无语的"豪情壮志"，德国人则会很谨慎地说："我们希望德国队能夺冠。"并还要加上一句："不是因为我是德国人，而是因为这批小伙子配得上这个荣誉。"

一句"配得上"，所有的形容词都可以省略。我们国人骂架喜欢说："你也配？"

中国有句话："盛名难副，名不符实，反为见笑。"当然，日本队在足球界，除了他们自己不少的豪情壮语，盛名从来没有存在过。所以这次世界杯，日本队参加的所有比赛，基本上被德国球迷们用来休息充电，收视率大概是最低的。因为乌龟和兔子赛跑，乌龟扬言一定会赢的故事，只存在我们的童话世界里，或者在乌龟们的臆想中。

接下来，说说德国人7∶1大胜巴西的那场球赛。赛后，中国各个媒体像打了鸡血似的，铺天盖地充满对巴西的嘲讽，对德国的赞誉。大概也是因为五次捧杯的巴西队盛名之下被大家赋予了太多的期许！

　　而德国人却没有国人那样的情绪激烈。比赛打到 4 : 0 时，一些德国人就说："算了，不要再进球了。"而 5 : 0 结束上半场比赛时，德国人就估计自己国家队教练会对队员们有所交代。

　　当德国队下半场替补出场的球员许尔勒连灌两球时，德国人甚至埋怨他，巴西队已经伤痕累累了，就不能脚下留情吗？没看到别的队员都不再灌球，有必要在此时如此勇猛吗？

　　后来接受采访的德国队员也说，赛后回到更衣室，德国球员们非常安静。巴西队不管今日如何的惨败，在足球人心目中还是有它的江湖地位。在战场上对对手网开一面，这里面有对对方的尊重。更重要的是，德国人知道，足球是巴西人的生命，尤其是那些生活在贫民窟的巴西穷人，巴西世界杯或许是他们人生中难得的快乐点，有必要太过分地去扼杀他们的梦想吗？

　　我不喜欢中国媒体上用的"屠杀"一词。细心的观众可以发现，那场赛后，德国队的一些球员跑去安慰拥抱场上的巴西队员。这种厮杀后的温馨场面让人唏嘘不已。战士的铁骨柔情最能感动、感化别人。

2014 年世界杯期间兴奋的德国球迷（图片提供 Daniel Ernst）

这之后的决赛，巴西球迷们来不及为自己的球队悲伤，几乎一边倒地为德国队加油呐喊。大概巴西人实在无法面对"邻里关系"不好的阿根廷队在自己的国土上夺冠，以至于决赛简直就像德国队的主场比赛。此举把一众德国人感动得无话可说，更觉得有点对不住巴西队。

还有一件事，觉得从中也可以看出点德国人和我们思维上的不同。在中国有一群德粉，他们在看球的时候发现了一些"问题"。如德国队在决赛前，每场比赛都得重新熟悉新场地，六场赛事得换六个不同城市。而且赛事经常安排在烈日当空的当地中午时分，这对来自气候相对寒冷的德国队来说肯定是不利因素。但有些队比如说荷兰队，六场赛只需辗转四个不同城市。

我将网上德粉们的议论拿去问我家先生。德国人笑笑："是这样吗？不过既然是去参赛，就要做好应对一切环境的准备。"末了，人家还说："你们怎么老是去揣测什么默契球（指德国与美国小组赛），什么阴谋论，什么黑哨，说到底，最终还是要凭自己的实力。找太多外部原因，没什么帮助，只会扰乱心境。"

　　这就是德国人的一种"强者思维"。相信自己，相信自己的团队，不去寻找或尽力淡化有可能失败的外部原因。而"弱者思维"却喜欢凡事纠结于外部原因。

　　说到德国队，他们的的确确是外界人士分析的那样，"整体实力"最强。而且是整个团队的实力，不仅仅指那些球队的队员们和教练组，还有背后那个庞大的后勤团队。

　　此次世界杯，看似南美与欧洲球队平分天下，但世界杯的前两届冠军意大利与西班牙连小组赛都没有出线。南美如此炎热并高湿度的气候，对欧洲球员来说是体力上的极大考验。尤其是有时还得从 30 多摄氏度的萨尔瓦多转战 10 摄氏度的阿雷格里港，比赛场地的气候差异如此巨大，自然让欧洲球员苦不堪言。

　　所以在比赛时，我们经常看到一些欧洲球员状态不佳。相比之下，非洲和南美队员显然更适应这种气候。

　　据说，在德国队队员们踢完德甲联赛后，就开始了针对世界杯的一系列模拟训练，包括环境模拟、气候模拟等等。而心理与身体保健工作也同时跟进。先进而科学的训练理念、配套的医疗和保健服务、专业团队详细的数据分析，这就是服务于这辆德国战车的后勤部队。

所以，每逢德国队的比赛，一旦能先进一球，德国球迷们都要长吁一口气，因为德国人不敢轻视别国球队的球艺，但对别国球员尤其是南美和非洲球员的心理素质，德国人绝对有傲视群雄、舍我其谁的自信（别忘了，心理学最早是从德国兴起的）。

另外，此次世界杯还有件比较有趣的事情得提提！

在德国看世界杯直播，经常听德国解说员说："我们球队这几天在自己的基地训练。"

当时觉得有点奇怪，又不是东道主，怎么听上去像在自己家踢球一样？后来上德国网站一搜索发现，好一个漂亮奢华的世外桃源，这个被称作"campo bahia"的运动休闲酒店太美了！面海而居，有自己独立的海滩，内设14栋独立别墅，拥有65个套房，并且完全与世隔绝，从而避免了记者和球迷的干扰。这个由德国人投资，德国和巴西艺术家们共同设计的酒店和训练营，是专为这场世界杯德国队而建设的。整座酒店不但充满桑巴风情，还体现了德国人对细节的专注。队员们更能整天吃到家乡的美味，酌以德国啤酒。如此奢华的享受，我不仅惊叹道：这好过分！

　　但人家德国球迷们却说："我们的队员因其高昂的薪酬，平常过的就是这么奢华的生活，难道为了世界杯，要让他们去适应另一种生活？"如此体谅和实力真让人无语！

　　世界杯四年以后要在俄罗斯举行，估计德国人的推土机又将开到那里，为自己球队建造另一座大本营。

　　四年以后，我们中国人的国家队，能否让中国的国歌在世界杯的赛场唱响，能否让中国球迷有那么一次为自己的球队呐喊助威的机会，我们期盼着！

　　"凡事预则立，不预则废"，足球赛，看似有运气的成分，但成功不是偶然的。

# 世界杯看德国邻里关系（上）

上周五那场赛事，原本与自己的法国女友约好通电话，未料到一整天都被许多琐事耽搁住，好不容易得闲已是下午五点多，德法大战要开始了。于是匆匆给她发了个短信："先看球，德国人现在很紧张。"她随即回复道："法国人更紧张。"

看完球赛再联系她，没回应，于是我很不厚道地发了个"流泪"的表情给她，她回我说："法国人非常沮丧，认为德国人今天无非是运气好。"

想到德法比赛前法国人要"复仇"的宣言，不由对世界杯赛上德国人对"邻居们"的反应而有所感慨。

## 先说说法国

追溯历史，十七世纪末十八世纪初，德国从上层统治者到文化界都盛行媚法之风，当时的德国人纷纷讲法语、吃法国菜，模仿法国的一切。法国文化以其强势占据了德国社会和生活的各个角落。（直到今天，德国中学生选修的第二外语仍以法语为主。）

然而几代人就可以改变一个民族的心态。人类的健忘让历史总是颠来倒去地重复上演。第二次世界大战，1940 年 5 月 10 日，这个当年对法国文化顶礼膜拜的德意志民族，开始了对法国的进攻，同月 22 日，法国政府宣布投降。

短短不到两周，就被对方攻城掠地而缴械投降，被占领国民众的心里有几多恨几多屈辱，从此高傲而浪漫的法兰西民族，心里开始笼罩隐约的自卑。战后，虽然德国真心认错忏悔，但高卢人心中的伤痛却终是难以平复。

上届法国总统萨科齐与德国女总理默克尔合作默契，旨在携手共抗欧债危机。两人在短时间内连续举行了高频率的会晤，媒体将两人名字组合成一个新名字：默科奇。两人之间的这种互动，招致法国媒体和反对党的冷嘲热讽，说德国的默克尔教授牵领着萨科奇同学往前走。

结果，德国默克尔总理大选连任，萨科奇却以微弱劣势下台。这不知是否得归咎于法国人内心那种对德国五味杂陈的复杂情愫？

法国街道上欢快的人群（摄影　邱永勇）

法国巴黎（摄影 罗宏）

民族间的这种情绪当然也带到了政治、文化和体育舞台。虽说自 1958 年之后，在世界杯赛场上法国就再没有战胜过德国，前两回半决赛相遇，法国都被德国淘汰。但这次 1/4 决赛，德国人还是非常地紧张。上周五一整天，我都感到空气中有一丝丝紧张的气氛在弥漫。直到比赛结束，挂着大屏幕的德国饭店、酒吧才开始响起欢声笑语，连带着整个周末，德国的气氛都比较轻快，而法国那边却可想而知。

这种或狂喜或悲伤的极致情绪，若非球迷是无法理解和懂得的。

## 再说说曾经牵引我喜怒哀乐的意大利队

2006 年德国世界杯，一心想在自己家门口再度捧杯的德国队，被蓝衣军团意大利挡在了半决赛。那场传统足球豪门之间的巅峰对决至今历历在目。也就在那一年，我来到了德国。从此改弦更张，加入德国球迷的队列。

今天的意大利队从外形上来说早变成了大叔队。锋线上的巴洛特利无论从球技还是感召力，都和当年意大利队的巴乔、皮耶罗、维埃里、因扎吉无法同日而语。在他的身上，我看不到自己一直仰慕的巴乔、皮耶罗等球员身上那种非凡的敬业精神和坚忍不拔的性格，这从其踢球风格和赛场上状态可见一斑。但心中仍然是不忍见到自己曾经追随的球队，连续两届世界杯小组赛就被淘汰出局。有种看着昔日英雄日渐老去的悲哀。

而对德国人而言，多年球场上的宿敌如今如此境况，不知德国人心里又是怎样的滋味？

说到德国和意大利，这两个国家不知什么时候开始结下梁子互存芥蒂？私底下，意大利人称德国人为"土豆"，而德国人则还之以"通心面"的称呼。

我觉得大概在二战时，意大利人刚开始与德国结盟，后又倒戈加入英法美等组成的盟军同盟，德国人在心里很不齿这种"墙头草"的行为。

因为爱好意大利的历史和饮食文化，于是我替意大利辩护，认为德国发动的是场侵略战争，意大利人民不像德国人那样只知道服从，人家觉悟得早。结果意大利那些古老建筑全都完好地保存下来了，德国却接近 80% 的国土被夷为平地。早知道现在每到夏天，德国人成群结队地跑去意大利度假，欣赏那些美轮美奂的古建筑，当年的德国人就不应该追随那个奥地利出身的战争狂魔希特勒。

这时候，德国人要么不吱声，大概在为当年的战争行为忏悔；要么大方承认，意大利人当年的行为，对后代以及人类文化遗产的保存确实不失为明智之举。

近年，作为欧元区国家的第三大经济实体，意大利也卷进了债务危机。据说意大利拒绝了外界尤其是国际货币基金组织向自己提供财政援助的提议，称可以靠自己力量战胜危机。相比希腊一边接受德国大量援助，一边又对德国破口大骂，意大利人和政府这回倒是在德国人的心中挽回了一点形象。

# 世界杯看德国邻里关系（下）

上回说到德国与意大利、法国的关系，今天我们来讨论一下德国与英国、瑞士的关系。

## 德国与英国

英国队在本届世界杯早早打道回府，德国没几个人为此感到遗憾。而德国队夺冠后，英国 BBC 电视台的播音员面无表情，让人觉得似乎很不情愿地在播报这一新闻。

英国这些年在欧洲可是不太受欢迎，十年前，英国追随美国发动的那场未经联合国授权的对伊拉克的侵略战争，把人家一个好端端的国家弄得千疮百孔，又不负责任地撤军，现在的伊拉克人民为逃避战乱颠沛流离，远比战争前更痛苦，英国此举当然遭到诟病。

另外，一来，英国人可能对德国如今在欧洲充老大十分不满，要知道英国曾被称作"日不落帝国"，其在海外的殖民地遍及亚、美、欧、非、澳，太阳可以 24 小时在其领地高悬着。如今，英女王仍然是英联邦 16 个国家的元首。

二来，随着欧盟这个大家庭成员越来越多，穷兄弟也全挤进来。英国人看这架势不愿干了，于是整天吵嚷着要脱离欧盟。这当然招致德国、法国等力挺欧盟的国家抨击，兄弟你不能吃肉就抢，干活就溜呀！

当然，英国也有自己的算计：你德国是世界制造大国，那些穷兄弟还能干点体力活，我一个金融大国，他们能帮什么忙？而且金融活动还得受欧盟的法律约束。于是，想脱盟的民间呼声从未停歇过，在欧盟会议上也经常唱反调。德国人也恼火，甚至想，既然不同心，要走就走吧。

比较有意思的是，欧洲国家之间、欧洲与俄罗斯、欧洲与美国之间的吵吵闹闹，总能夹着中国的影子。作为中国人，当然乐见自己的国家"渔翁得利"。

前不久，听说英国连平时严格控制的签证都对中国开通了 24 小时领取的快捷通道。拿这事儿去说德国人的不知变通，德国人讪讪地说："讨好中国可以，但这制度说改就改，社会还有秩序吗？"

## 近来英国人还做了件"黑"德国人的事

英国 BBC 电视台言辞凿凿地宣布，经过其调查发现，对中国人持负面印象的国家，德国位居第一位。而这则消息也被国内各媒体、自媒体疯转。

对此，我只能说感到无语。

国人不相信自己的媒体，但对外媒的报道，却不加分析全盘照收。大家凭什么就认为外媒不会造谣惑众呢？如果去采访欧洲的居民，真正对媒体有好印象的没几个，更没几个相信媒体所言。大家普遍认为媒体大多数时候唯恐天下不乱。当年中国要求收回香港，英国媒体造谣中伤的事可一点没少干。

如今，英国人大概看到中国近些年与德国越走越近，开始着急，中国市场这块肥肉可不能让德国人占便宜，所以人家德国媒体自己都没表态不喜欢中国人，英国人却按捺不住地跳出来。

事实是，来德国这么多年，发现德国人总体上对亚洲人的印象挺好的。谈及中国，总会说中国人很勤奋、很努力、也很温和（至少海外的中国人给人以这样的印象）。估计 BBC 是故意选择性记忆混乱，将德国人对某些国家民众的负面印象栽赃

　　闻名遐迩的伦敦塔是游客的必到之处。这座拥有九百多年历史的城堡建筑不仅仅是伦敦标志性的宫殿，还是座著名的监狱，历史上曾关押过不少王公贵族和政界名人
（摄影　罗宏）

　　瑞士日内瓦湖是世界第一大高山堰塞湖，阿尔卑斯湖群中最大的一个。其湖面面积约为 224 平方英里，其中在瑞士境内占 140 平方英里，法国占 84 平方英里，是西欧名湖，风景秀美，堪称人间胜景（摄影　罗宏）

到中国人头上。此举不但有挑拨离间的嫌疑，而且其操守比那些喜欢搬弄是非的街坊大妈有过之而无不及。后者是吃饱了没事干，于是折腾些损人不利己的事，但英国干的这事，是为了利己而损人。（当然某些成功理论学将这一行为归于智慧的一种或某种谋略。）

说到底，不管英国说得有多好听，它时刻惦记着要将自己的国家利益最大化，其性格特征从其曾拥有如此多的海外殖民地可见一斑，我们中国人就连最繁华的几朝盛世也没干过这事。

## 德国与瑞士

德国与瑞士，真要算亲戚了。公元 401 年，日耳曼人开始统治瑞士，直到 1033 年，德意志王权衰落，各路诸侯纷争，形成瑞士特有的城镇自治体制，也就是以后瑞士联邦的雏形。瑞士采用一种"公民表决"和"公民倡议"的直接民主形式。

当欧洲诸国为各自利益打得不可开交时，瑞士自 1815 年后就从未卷入过国际战争，这也让瑞士成了全球最富有的国家，其发达的金融产业更是举世无双。

但近些年，在美国和欧盟的强大压力下，瑞士银行保密法制度被迫终结。

2011 年，德国与瑞士两国政府签署税收协议。瑞士银行业将向德国转移高达 140 亿欧元资金。根据协议，交完此税后，此前的避税问题将不再追究。

但德国人口最多的北威州，却无视政府该项协议，花几百万欧元从瑞士银行内部人员处购买存有德国客户信息的光盘。

这种做法当然招致瑞士和瑞士人的反感。话说回来，普通老百姓，如果明明知道交易的东西，比方说汽车是偷的，却仍然购买，那么此购买行为已构成了犯罪，不但购得的汽车要被没收，还会被追究法律责任。所以德国州政府这种与瑞士犯罪分子的交易行为，自然令瑞士人很介怀。

但德国政府平常重大事件不公投，却拿这件事去广征民意。结果可想而知，毕竟在瑞士存钱的是少数人。看到有钱人痛苦受惩罚，普通民众总是有种大快人心的感觉，这点全世界大概都差不多。于是政府表态，买光盘行为是得到大多数人支持的，这没违法，这叫"顺应民意"。

不管怎么说，将一个国家的价值观或法律凌驾于别国的之上，总是件让别人不舒服的事，更何况瑞士是通过全民表决的直接民主形式制定的法律法规。

耿耿于怀的瑞士，从此跟德国这个昔日的好邻居有了芥蒂。

我有个瑞士女友，先生是德国人。家里有两台车，一台瑞士牌照、一台德国牌照。

每次，当她驾车回瑞士时，通行无阻。但她先生开着德国车，每次都会被边检的检查人员拦截，连携带的德国肉类小食都会被没收。许多去瑞士旅游的中国游客，也反映了同样的情况，只要是开着德国牌照的汽车，十有八九会被拦下。

但德国人，大多数对瑞士或瑞士人还是印象良好。德国不少有钱人或名人都移居瑞士，如最近刚脱险的世界上最优秀的前 F1 车手舒马赫就和他的家人住在瑞士。

世界杯期间，德国人大多还是为瑞士队呐喊助威，毕竟瑞士并没有亏欠德国什么，真要理论起来，是德国站不住脚。

有时候，想想这国与国之间的关系，也挺耐人寻味。说穿了，大家都是为了各自的利益。

# 德国人的无奈

在很多人眼里，德国及德国人总是很强大的样子。其实在日常生活中，德国人跟我们一样，也有着很多的无奈。

先生的外甥女要填报大学志愿，她选择了国际政治和国际关系学，结果招来全家人的反对，说你一个如此单纯的孩子，去搅和进复杂的政治干什么？学门手艺都好过学政治。

女孩子当然听不进去，反驳说，正因为这世界上还有很多的不美好，所以就更需要大家去努力改变它。

大人们无奈地摇头，可想想我们自己，谁不曾有过这种热血沸腾的青春岁月？

谈及从政，据说英国民间每年都会举办一届撒谎比赛，其中有条规则：政客和律师谢绝参加！举办方解释说，因为这是业余比赛，职业选手参赛有碍公平原则。

可见从政在欧洲并不太受待见。我们中国人对德国默克尔总理不吝溢美之词，德国人自己却没表现出这么热情，甚至近来德国人还颇多微词，抱怨声中又夹着些许无奈。

首先，德国人也开始紧张自己餐桌上食品的安全了。

因为诸多名人混战，对转基因食品的争论，将很多看客们也卷了进来，大家自觉不自觉地选择排队：支持或反对。

转基因食品到底是否安全？支持派对此的说法是：迄今为止，并没有发现转基因食品危害人体健康的确凿证据。但这个"迄今为止"的历史到底有多长？第一例转基因棉花1990年种植成功；1996年美国率先将部分转基因食品，比如说大豆、玉米、油菜、西红柿、土豆推出商业化进程。短短二十几年的历程，的确难以令人信服。自古以来，历史都是由后人来评说和检验的，其中不乏后人推翻以前科学家和专家论点的事例。

大家都清楚，美国地广人稀，而转基因的应用，可以大大减少生产中的管理成本和人力成本。所以，美国对转基因技术以及农产品的推广不遗余力，说到底，人家做任何事都是核心利益的推动。

既然有了产品和技术，接下来就是为产品开拓市场，寻求销路。美国开始对欧盟施压，要求其打开转基因产品的进口大门。长期的贸易战打下来，欧盟开始松动，连带对转基因产品是否要作强制标识，好像都要被重新讨论。

美国人热衷于探索和实践新生事物，认为发明就是进步，这本无可非议，因为这是美国以及美国人民的自由。但若为了自己的利益去创新，却想让全世界人民一起充当"实验室的小白鼠"，这就有点强人所难了。

因为创新，尤其是这种以改造生物为目的的创新，其安全性和潜在的风险至今在科学界都存有争议。硬要把这种产品强行向别国推销，这么做当然让人很不舒服。欧盟抵挡了这么久，最终还是缴械投降。

关于转基因，德国媒体和公众议论纷纷的还有：从2014年二季度起，欧洲不再禁用转基因鸡饲料。而麦当劳也放弃在2001年许下的在欧洲市场避免转基因饲料的承诺。

现在不但是鸡饲料，甚至美国超速养殖的廉价"肉鸡"，也打算大规模出口到德国。美国这种廉价"肉鸡"的养殖方法，以及宰杀后的处理加工方法，感兴趣的读者可以自己上网研究

分布德国各地的"有机食品店"

德国有机食品店店内

一下。

德国饲养的"有机鸡",每只鸡的活动空间大于 2 平方米,生产期大于 81 天;而"肉鸡"每平方米可以养 20 只甚至更多。生产周期短至 33 天即可出栏,而网上更有爆料说周期甚至可以更短。拥挤的鸡舍,容易导致传染疾病,因此在催熟的过程中,难免会用到抗生素……

现在,我和很多德国的主妇们一样,去超市买菜会花很多时间,仔细认真地查看标识。遇到无法判断的,我就宁愿去买有机食品。这或许可以解释,德国的有机食品店或有机食品专柜,营业额为何一直攀升。我自认为并不保守,但对我自己甚至专家们都没弄明白的东西,谨慎点,总不为过。

我还跟许多孩子们的家长达成共识,尽量不带或少带孩子们去美式快餐厅。美国儿童肥胖症发病率居高不下,除了因为美国特殊的饮食文化特点外,谁知道是否也有转基因的因素?

历来严谨而挑剔的德国人当然不愿就此妥协,他们开始质疑,既然立法要充分反映民意,那这次准许美国的转基因产品摆上大家的餐桌,政府有征求过国民的意见吗?德国自身拥有足够的农作物和畜产品,有必要去引进他国廉价的转基因产品吗？

## 德国为什么要"害怕"美国？

斯诺登拟赴德为美监控行动（包括对德国政府总理默克尔的监控行为）做证，而德国联邦政府却明确表示反对，理由是要以德国国家利益为重。若询问斯诺登，将给德国同美国之间的关系带来持久的负面影响。

政府这个表态，大大地伤害了德国人的自尊心，美国人为了自己的国家利益以及经济利益进行窃听、窃密，可没考虑过双方的盟友关系；现在受害方倒要反过来考虑肇事者的心情和情绪。

这就好比人家扇了你一记耳光，你却捂着脸，反问对方：您的手不痛吧？

大多数德国人的内心是崇拜强者的，看着自己家的老大这么软弱，德国人自然是气难平。德国国家电视台二台（ZDF）每周五晚上 10：30 一档的政治讽刺搞笑节目，最近一段时间就经常以此大做文章，而节目的收视率也屡创新高，德国人的笑声中掩饰不住他们的无奈。

"小不忍则乱大谋",如果双方实力悬殊却硬要对着干,那叫"莽汉",成不了气候。不甘心的弱者只有卧薪尝胆、积蓄实力、奋发图强,才可能有朝一日翻盘。

问题是,国富民强的德国需要如此委曲求全隐忍吗?

对联邦政府决策的种种不满,导致德国一个 2013 年成立的新政治团体 AfD 人数急增。AfD 的含义为"德国新选择",其大部分成员为学者和经济学家,他们要求将瑞士广泛运用的全国公投制度引入德国,让选民通过公投表达他们对重要议题的观点。因为在很多德国人眼里,本该代表民意的本国政治家们越来越自说自话了。从目前该团体的发展势头来看,AfD 要拿到进国会的 5% 的选票,估计只是时间问题了。(该文写于 2014 年,2015 年底,AfD 在德国已获得 10% 的选票,成为德国第四大政党)

德国人的这种无奈情绪,让喜欢"黑"别人,也"黑"自己的德国媒体对中国的批评态度开始趋缓。尽管他们依然指责中国人的抄袭和侵权,但远没有先前那么气势汹汹。

德国有句谚语:"自己坐在玻璃房里,就别往外扔石头",

在他们看来，中国人至少不往外扔石头，相比之下，他们自己
的盟友却无时无刻不在指手画脚。德国人的心情或许像那英的
那首歌：你伤害了我，却一笑而过……你爱得贪婪，我爱得懦
弱……只怪自己爱你所有的错……

# 这个不靠谱的夏天

　　这个炎热的夏天，感觉德国人不是在罢工，就是在吐槽。这个素以服从著称的民族，似乎也开始不淡定了。

　　国内一位摄影师朋友，五月份出差来欧洲，周游了荷兰、德国、西班牙以及法国，整个行程刚好一个月。途中他给我发信息，要来欧洲只限德国，其他国家真不怎么样！这位痴迷艺术的朋友，对法国的评论尤其"刻薄"："不来法国终身遗憾，来了法国遗憾终身！"他的留言加了无数的惊叹号。大概心目中的圣殿坍塌了，情何以堪？连带生出许多的愤懑。在我看来，法国近些年来治安确实差些，抢劫尤其是针对华人旅游团队的洗劫时有耳闻；街道也不那么干净整洁，但还不至于如此令人无语。上周末，他们一行七人终于回到祖国，随后他给我发来长长的总结文字："中国任何一个省会城市都比法国好，我们七人，一个被偷没成功；一个被偷七百欧元；一个被盗卡刷了 260 美元。晚上我们不敢单独上街……"

虽说德国是他此次行程唯一认可的国家，但这个夏天，生活在德国也是别样的不适。我们国内电视台的新闻报道，经常让祖国人民感觉外国人生活在水深火热之中，但此次，用"水深火热"来形容还真不为过。

上周，德国的气候陡然升温，从 20 来度直接蹿到 36℃，南德地区甚至达到 40℃。

在这段时间，留学生子可刚好每天要坐一个多小时火车去科隆上德语强化训练班。为此他在朋友圈吐槽："德国火车密封又没有空调，这还让人活吗？全车人都开骂。"我问他是否列车忘记开空调了？他回答这不是选择题，因为列车根本就没装空调。"这小火车又闷又挤，速度还慢。我多么怀念国内的高铁呀！"刚从国内度假回来的子可感叹道。

上网看看，也是吐槽一片。不少德国的一星到四星级酒店，房间是不带空调的。

酒店服务台的工作人员，只能翻出许多陈旧的电风扇，这让中国旅客大跌眼镜。什么年代的古董呀？国内的招待所都淘汰这玩意了。

德国绝大多数家庭也没有空调。因为生性节俭的德国人认为夏天就那么几天难以忍受的酷热，忍一忍也就挺过去了，没必要为此增加家庭开支。实在太热的时候，老头老太都会坐到百货公司的咖啡厅里去避暑，年轻人则聚集到喷水池边。

德国人信奉勤俭持家，在外人看来，属于"生活是为了工作"之类，而南欧人尤其是希腊人，则属于典型的"工作是为了生活"。这也是目前德国人鄙视希腊人的原因。

原本比较服从的德国人兢兢业业地工作，现在发现自己的汗水不仅仅在浇灌自己的土壤，相当一部分要被用来浇灌"邻居们"无人耕种的土地。而自己汗滴禾下土的时候，邻居们正喝着葡萄酒在树荫下乘凉，或者在自家的游泳池里消暑。甚至他们用来挥霍潇洒的钱财也是向德国借的。德国人当然不干了，凭什么我们要工作到 67 岁才能退休，而你们却 55 岁就可以领取退休金？我们也需要增加工资、减少工作时间。反正国库里的钱，也没征求过大家的意见，就被政府拿去养国外的懒汉了。近些日子德国此起彼伏的罢工潮、劳资谈判，部分原因

德国波罗的海夏天的海滨黄昏

德国梅克伦堡湖区的夏天静悄悄

也是对政府的对外政策不满的一种发泄。

同时，德国人也在抱怨，华尔街那群混账帮助希腊混进了欧元区，到如今贻害大家，希腊就是来搅局的。我说，人家要混进来，也得要你们放行呀。那么多的政治家、经济学家、各类专家、学者，当初是怎么把关的？是愚蠢还是贪婪？想组建一个大的欧元区，别有用心者就瞄准了这点，于是各种粉饰登场，把个不入流的角色，包装成一个明星，只是这个明星没有半点内功，举手投足都得预先排练，更不要说有真正大明星的那种顾盼生辉的魅力。但就凭着这木偶似的演技，居然也骗过一众看客，要么导演和编剧实在高明，造星技术早已炉火纯青；要么是一众推波助澜者各怀私心，宁愿当睁眼瞎。如今这场希腊闹剧，不过是各位吞噬当初种植的苦果。而真正撒种者，早在暗处数着钞票，嘲笑一众愚者。

前些日子，几个德国人去希腊度假，得知所载乘客来自德国，出租车司机把车停靠在一处"前不着村后不着店"的地方，让德国"混账们"下车，说你们以为有钱，就能侮辱我们吗？你们的媒体不是整天在取笑我们吗？如果不是你们倡导的节俭政策，我们的生活能如此糟糕吗？我们借的钱就是不还又怎样，你们二战时还侵略过我们……

消息传回德国，德国人的反应可想而知，我们经常说"光脚的不怕穿鞋的"，目前不就是：光脚的抢了你的鞋再骂你、威胁你。

也有胆大的因为希腊旅游便宜，准备组团前往。德国人就提醒他们：最好先去保险公司弄清楚，目前去希腊旅游，有关车险、人身安全险等等是否有特殊规定？

看着这一场混乱和各种不靠谱，我们不禁要问：欧盟怎么了？希腊公投否决债务救助方案，结果虽早在意料之中，但人们仍然要问：作为社会公民，大家从小被教育要诚信立本，如果一个堂堂国家再三失信，那是什么概念？

两德统一时，为了消除欧洲人的戒心，德国政府表态："一定会向世界展示一个欧洲的德国，而不是德国的欧洲。"可现在，这个炎热的夏天，欧洲的德国，人们越来越焦虑，谁来为他们"消暑"？

# 德国籍？中国籍？

# 中国行（一）

黎明时分我们一家回到了德国。虽然已预先穿好了羽绒衣，但走出机舱，扑面的冷空气，仍然让我感到一丝丝寒意。

周末的德国清晨，街道冷冷清清，没有几辆车，更没有行人。空气中倒是有些煮咖啡和烤面包的味道。中国早晨街道上及公园里的喧闹仿佛犹在眼前，此刻如此宁静，竟平添了几分生疏的感觉。

先生明显有点回家的兴奋，吃了十几天的中餐，估计早开始惦记德国的黑面包和火腿肠了。看我倦倦的神态，问道：还在想家？他指的当然是中国那个父母在的家，其实德国也是我的家。穿梭于两地之间，总是那样万般纠结。

行李才收拾了一半，却抗不住疲倦，和衣躺在沙发上沉沉睡去。醒来竟然已是午夜，恍惚中一时分不清究竟是身在中国还是德国？书房亮着灯，先生居然还在伏案工作。看我醒来，笑说：回到中国，你扔下行李就冲到大街上，整夜与朋友们交谈都不觉得累；回到德国，却昏睡沉沉，看来德国还是没有中国那么大的魅力和吸引力呀。

倒也是，中国行十来天，香港、深圳、北京、上海、长沙连轴转，每天不到五小时的睡眠，尤其在长沙，到达酒店已是凌晨，远道而来的一众女友们居然还在打起精神等候，一时间眼泪、欢笑、拥抱、合影，直到天已蒙蒙亮。

亲朋好友的久别重逢固然令人泪眼纷飞，初晤却如故友的相遇更让人感叹命运的神奇。"说母语的你，与说德语的你宛如两个人"，先生经常这样说。

说中文的我，热情活泼，充满活力；说德语的我，内敛寡言。"如果不是去了德国，估计你是不会提笔写作的。"朋友们这么说。我想的确如此吧，乡愁的痛苦需要纾解，隔着距离回望自己的祖国，那样的体会或许会更深刻。

中国是母亲国，絮絮叨叨，热情热闹，充满感性的喧哗；德国把祖国比作父亲，深沉寡言，推崇理性的内敛。

此次随行的德国友人，也算是德国精英人士了。其中一位是德国食品安全检测专家，一路行走在中华大地，连连感叹中

繁华现代的上海陆家嘴金融贸易区（摄影 罗宏）

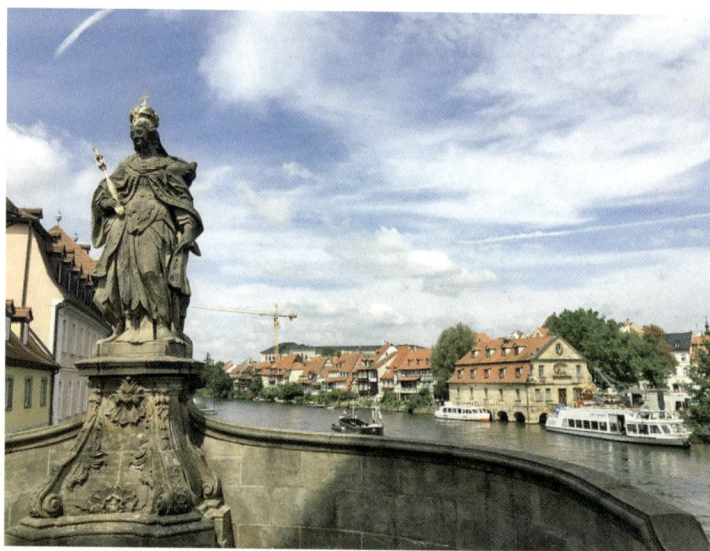

宁静的德国 德国古城班贝格（摄影 楚格山里人）

华美食的博大精深。虽然我知道她此次中国行的任务之一就是
考察中国的食品安全，而心里多少有点忐忑，而我能做的，唯
有抓住机会介绍中华美食。只是她的先生嗜鸭如命，在北京
自然顿顿晚餐都是全聚德的北京烤鸭，到了上海，换成广式
烤鸭，他自己都打趣说：估计回到德国，自己走路都会像只鸭
子了。

其中有个小插曲，因为实在太喜欢北京烤鸭了，大家当然
想到询问北京全聚德在海外是否有分店，结果被告知第一家
海外分店正在筹备中，应该是在欧洲的意大利。一听这消息，
几位德国人面面相觑，以不可置信的神态问道：这是在开玩笑
吧？为什么会选在意大利？

在德国人看来，意大利本身就是美食王国，大小餐馆星罗
棋布，全聚德开到那里，生意不会太火爆。倒是开在德国的汉
堡，法兰克福，胜算会高很多。

我笑他们是为自己图方便，但他们很严肃地说："这些是
需要通过详细的市场调研来下结论的。"唉，德国人的思维。
究竟将来结果怎样，我们大家拭目以待吧。

离开中国前，德国人用一连串的"没想到"来表达心中的
感慨，虽说早在我意料之中，但仍然让我感叹德国整个社会对

中国的不了解。

我问随行的德国友人的儿子胡贝图斯是否喜欢中国？六岁多的小家伙想了想，认真地说："我愿意到中国来旅游，但我不愿意住在中国。"

过了会儿，他又补充说："中国有很多穷人，看到这些穷人，我很难受。所以，我要住在德国，这样我就不会感到难受了。"

我问他："你为什么说中国穷人多呢？"

他回答说："我们每到一个城市，都有乞讨的老人，扯着我们的衣角。看到他们无助的样子我很不好受。"

童言无忌，这是一位六岁多德国孩子的心声，估计他回到德国，也会在学校这么告诉老师和同学们。

他的妈妈林森霍夫博士告诉我，她的中国之行，每天都写了日记。我在想她会愿意发表吗？只是此时的我已还原成了说德语的那个我，于是只是笑笑，并没追问。

此次中国行，所到之处，赞叹的同时，也确有不少令人遗憾的地方。这两天倒时差，头有点晕乎乎的，等静心下来，倒想好好总结一下。

# 中国行（二）

回国的第一站是香港。到达香港刚好是当地时间下午，早就对中华美食向往已久的德国人，贪婪地吸着空气中弥漫的各种食物芳香。但真正让他们大眼瞪小眼的，是接到账单的那一刻。

接近 100 欧元一位的自助餐价格，让节俭的德国人大吃一惊。要知道，这在德国可是米其林星级饭店的价格，去那就餐的客人，个个都要着正装的。可这自助餐厅看过去，穿 T 恤衫的，穿运动服的，很多大妈大叔；那些说国语的，估计是香港购物累了，来这歇歇脚，顺便吃点东西。在德国，这价位，对大多数德国人而言，是一年难得一两回的奢侈享受，可在淘货的国人眼里，无非是饿了，一个随意的选择。

这也难怪德国人惊呼：中国人也太有钱了。


吃完饭出去散步，街道两旁的药店显眼处全摆放着德国奶粉。德国人对此大为不解，我问他们：你们现在明白为什么德国 DM 超市的奶粉要限购了吧？

可德国人还是搞不懂，中国人一方面很有钱，一方面又连有品质保障的国产奶粉都生产不出来。这是种什么逻辑？喜欢推理论断的德国人想不明白，明白的我又不想过多解释。

在药店挑了一些老牌品种，像虎标万金油等，药店的店员满脸堆笑地向我们极力推销人参、虫草等名贵药材。突然一阵骚动，店员立马撇下我们，迎向门口，原来是来了一个内地购物团。一沓沓港币在验钞机里发出金钱的响动，几位德国人被冷落一旁，大概被国人购物的疯狂怔住了，在店员稍有点不屑的眼神中，拿了几盒万金油匆匆地离开。

我跟他们打趣：商家最讨厌的是理性的购物者。你看那些音乐，那些香氛，哪些不是想撩拨起人们购物的欲望？

可德国人的想法是：控制住自己的欲望，才能掌控自己的人生，否则就像被线操控的木偶，台上风光，却无定力，命运只能由他人做主。

另外，他们对国人购物，喜欢大把使用现金的方式也不太理解。认为带那么多钱在身上，不方便并是个累赘。我向他们解释道："信用卡太多骗局，弄得大家一惊一乍的。很多人觉

香港维多利亚港夜景。1861年英国占领九龙半岛后，以当时在位的英国女皇维多
利亚之名命名该海港（摄影 罗宏）

　　香港青马大桥是香港地标之一，历时五年建成并于 1997 年开通。桥全长 2160 米，是全球最长的行车铁路双用悬索吊桥（摄影　罗宏）

得只有将花花绿绿的钞票握在自己手上才踏实。"

香港的优势在于自由港的优惠政策，它带动了金融和旅游产业的发展。制造业发达的德国难免会问：如果香港自由港的地位不再独享时，当今的风光还能维持下去吗？

德国人的这种思索习惯，在凡事不喜欢追根溯源的国人看来，大概又是"杞人忧天"了。

感叹着，一行人来到美丽的维多利亚港。

望着美景，德国人问我，香港和上海相比，哪座城市更漂亮？

在上海度过童年的我，当然想脱口而出：上海。可美不美，毕竟是每个人的感觉。就好比一女子，如果事先被别人描绘成闭月羞花的容貌，等当事人见了，很可能说：也不过尔尔。

相反，如果事先介绍说："普普通通而已。"乍一见面，却有可能惊为天人。

期待值高低往往直接影响美的观感。

想了想，有点答非所问地回答说：都是东方明珠。但上海就像一位饱经风霜的老妇，历经沧桑，却仍保留了少女的容颜，令人生敬生畏。香港，将近一个世纪都是寄养在他人处。按照我们中国喜欢将一切的事物都拟人化的习惯，这好比一个长期寄养他处的孩子，其回家的路免不了一步三回头。

在国外，遇见来自香港的人，他们几乎都会强调，我是香港人。不像北京人、上海人、东北人……被问及家乡，首先会回答：我是中国人。

在德国人眼里，香港只是中国的一个特区，在重大国际体育赛事上，香港夺冠，全场起立，中国国歌奏响，这就是个佐证。私底下，他们嘲笑英国人在香港问题上的狂傲甚至愚蠢，原本就是不平等条约下的租赁和割让，怎能还幻想正在崛起的中国继续条约的续签？

但从另一方面来说，德国人又认为，香港人的整体文明素质的确高过中国其他地区，这当然是看过中国其他城市后得出的结论。中国经过一系列的运动，"文革"的浩劫，中华文明遭到空前的破坏，中华文化产生严重断层，社会道德底线一再被无限度地逾越，外国人看到了表象的不同，我们却感受到了切肤之痛。

中国经济上的崛起，有 GDP 印证，但中华文明的恢复和崛起，却并非指日可待。香港早就回归了，但文化的认同，情感的相融，仍然是个艰难的过程。或许心灵的回归，才是真正的回归。

# 中国行（三）

对不少德国人来言，他们只知道中国五个城市，北京、上海、青岛、西安和香港。从中大概也能看出中国城市在德国媒体的曝光率。

古代建筑对于德国人来说有着极大的诱惑，中国的万里长城、秦始皇兵马俑都名列世界十大古建筑奇迹。关于北京，除了中国首都、北京奥运会，最热门的词汇就是长城了。

德国人做任何事都讲究计划性，决定来中国旅游后，德国朋友就开始上网查资料，书店买中国旅游参考书。我家先生更是表现得急不可待，毕竟往返中国多年，至今还没登上过长城。

而在我看来，登长城一定要好心情，配上好气候，最好再加上几个好朋友，这才算完美了。今年四月初，在北京友人的安排下，几位德国人终于来到了长城脚下。

汽车停靠在停车坪里面。喜欢观察的德国人问我，这里怎么没有到长城脚下的接驳车辆？在德国，所有的景点，在社会车及旅游车的停靠点，当地几乎都会安排另外的接驳车辆（收费或者免费）往返停车场及景点。虽说从停车场走到八达岭长城脚下，正常人也就步行十来分钟的时间。但这十来分钟，对老年人，婴幼儿，尤其是残障人员而言，也是个不轻的负担。

（当然或许景点有此特殊安排，至少我们没有看到；如果有，也应该有个标识，让所有有需要的人士能轻松地找到。）

天真的德国小朋友说：中国人真健康呀，不像我们德国，每个旅游景点，都有残疾人进进出出的。随行的我们听了这话，欲言又止，心中却感到一丝酸楚。因为孩子不懂，那是因为残疾人出行方便，才不必整天缩在家里。

从售票口到长城下，有一个必经通道，通道两侧全是五花八门卖小商品的铺面。虽说每个国家的旅游景点，几乎都有这样的小商小贩。但对于尤其注意大国形象宣传的中国来说，能否安排有点民族特色的店铺，比如说明朝装饰风格的中国茶铺？长城每天的中外游客如织，不正是对外宣传的最好窗口？而今这里闹哄哄的，杂乱无序，与长城的巍峨壮观大相径庭。国内耗巨资搭建了那么多仿古影视城，为什么在这举世瞩目的世界文化遗产名胜，我们不能多下点功夫呢？很多事情，我们为何偏偏要舍近求远呢？

登长城的门票上，将"不到长城非好汉"一句谚语，直译成英文"不到长城非英雄"。几个孩子们很开心，嚷嚷道：我们都是英雄了！几个大人倒是追着问：为什么爬个长城就是英雄了呢？是否中国概念里的英雄与我们通常理解的不一样呢？估计刻板的德国人认为，这"英雄"称谓不是随随便便给出的。

我想说，的确，此"英雄"非彼英雄，就像中国"帅哥美女"不一定代表帅哥美女一样。可怎么听，也变成了绕口令似的。一时又想不出，这"好汉"两字，究竟要怎样翻译才贴切。

或许是心中的期待值太高了，登了四个烽火台后，德国人就有点意兴阑珊，大家趁时间还早，决定赶往下一个景点。

在北京的几天，先生一直在咳嗽，北京友人关心地问他是否身体不适。我说先生是空气洁净程度的"人体测量仪"并且极其敏感。空气质量稍有问题，他就会有不适症状出现。不像我等，反应迟钝，倒是第一次来到德国北部的海边时，因为那里的空气实在太洁净了，我的身体立马出现不适反应，皮肤也

春天的北京明长城（摄影 罗宏）

德国友人坐黄包车

开始出现症状，于是整天嚷嚷要离开那里。在那住了一段时间，才渐渐适应，开始每天早早起床，素面赤脚走在海边的沙滩上，贪婪地大口吸着纯净的空气。

走在北京的大街上，汽车的鸣笛声伴着先生时不时的咳嗽声，一幅热热闹闹的生活景象。看到不少的警察，德国友人感到非常的感动和开心，说这样很有安全感。

估计不少的读者会认为这是种讽刺，其实，我们每个人都是生活在自己的视野和格局里。我们通过阅读和旅行去了解外部的世界，并拓展我们的内在世界。而我们看到的世界，很多时候是我们自己内心世界的折射。尤其是我们内心越缺什么，就越会满世界去寻找它。

德国随着素质参差不齐的移民和难民的大量涌入，一向为人称道的安全问题开始摆上桌面。入室偷窃现象日益严重，而警力的短缺也令德国人头痛不已，由此民间开始出现一些排斥外来民族的情绪。

汉堡有位中国友人就提到，一位住在富人区的中国人，全家回国一个多月，回德国后发现，小偷不但堂而皇之不请自入，更在他们家好吃好住一阵子：冰箱全被掏空，小偷似乎对他家的德式厨房也产生了浓厚兴趣，锅碗瓢盆的全被翻出来使用了，弄得厨房一片狼藉；卧室也被窃贼好好地享用了一番。可以想象，主人回到家，看到那一屋的垃圾，是怎样的震惊。

世界或大或小，取决于我们心胸的大小，还有智商情商的高低。世界的美丑，或许也是千人千面。我们往往从自己的需求出发，去观察打量这个世界。所以我们总在寻寻觅觅，甚至丢弃一切去寻找梦中的伊甸园，却洒落了一地的思念。

夜晚，德国人听说北京的酒吧很有名，于是，向酒店要了地图，自己打车去了。我们几位女子，陪孩子们留在酒店。

第二天早餐时，他们有点大惊小怪地说，这北京人的素质太高了。那些问我们是否需要按摩的女子，都能说一口流利的英语，人也长得不错。

我警觉地问他们：你们怎么回答的？

他们笑笑说：你不是再三叮嘱，遇到这种情况要说"NO"吗？所以，我们就说"NO，NO"。其实，我们这么一天奔波下来，挺累的。能按摩一下，应该挺有帮助的。

我也笑了：你们在中国，就得有纪律性，得服从安排。

德国人异口同声地回答：那当然。

离开北京，前往上海。

德国人有点意犹未尽，因为行程安排得太紧，还有不少地方没能去游览。我告诉他们留点遗憾，下次再来。

# 中国行（四）

"你一点都不像上海人！"绝大多数上海人都清楚这是外地人对自己的赞美，那是对自己豪爽、不矫揉造作、不斤斤计较个性的一种变相的夸奖。只是上海人始终不明白从何时开始，"精明计较"成了上海人的标签？

上海，曾经给全国人民的印象就像是外国，即便在那样的动荡岁月，上海仍然像个神秘的他处，勾起全国人民的无限遐想。那时候，从上海发出的列车，行李架上全是满满的皮鞋，的确良衬衣，大白兔奶糖……甚至缝纫机的机头。那情景有点像今天红红火火的海外代购，只是那些来上海出差或探亲的人们收取的不是差价或佣金（否则在当时就很可能会因投机倒把获罪而入狱吧），大家"挂账"的是友情人情债。而开往上海的列车上，五花八门的旅客，眼中全是对那个想象中的花花世界的好奇和些许期盼。

今时今日，无论你爱也好、恨也好，上海都是中国向世界展示的一张名片。也正因为如此，此次，原本在上海只安排了两天的行程，尽管德国人马不停蹄地游览，仍然意犹未尽，最后只得压缩别的城市的行程，在上海多停留一天。

对德国人而言，上海扑面而来的是国际化、现代化的气息。一幢幢的摩天大楼，夜晚黄浦江两岸尤其是外滩万国建筑群的璀璨灯火，绝对是视觉上和感官上的一场盛宴。而坐在磁浮列车上，德国人更是无比感慨，打趣说德国的不自由使得他们必须万里迢迢来中国享受德国的先进技术。

当然我不想把这篇文章写成一篇游记，只是想通过德国人的观察从另一种视野和视觉，来看看我们熟悉或不熟悉的中国城市，那些我们习以为常的中国特色。

1."来到上海我们没有陌生感，甚至有种亲切感。"

这是德国人的感慨，但居住在德国的中国友人却对我说，比起德国，我当年居住在上海时，更感觉自己像个外国人（她是湖南人)。

小孩读书,不仅需要本地户口、还需要上海房产证等等。她在上海每天说英语,因为担心自己带湖南口音的普通话让上海人不屑,再说环绕外滩的上海中心地带,说英语或者说话时蹦出些外语单词,这被当作一种时尚。

我对朋友说,我不是为上海辩护,但中国几乎所有的一线城市都存在她说的问题。打破户籍限制,让人们自由流动,虽然一定是社会公平公正发展的必然趋势,但如果国人的观念不同步改变,我们不养成理性思维的习惯,那么曾经的种种限定一旦被无控制地迅速松绑,饥渴的人们就会如潮涌般流向饥渴的地方,那样的局势一定是种毁灭性的破坏。

## 上海为什么让外国人赞不绝口?

我举个实例说明一下吧。到上海不久,德国友人就告诉我,他们认为上海是中国文明程度很高的城市,因为上海城里的公共卫生间比中国其他城市都要干净。我们大概觉得这是小事,而且大城市做卫生的清洁工都是外来工,并非本地人。但问题恰恰在于,同样的甚至来自同一地区的外来工们,为什么

德国人眼中的上海

在上海做清洁就比在他处要做得好呢？只能说明监管的落实不同。

又比如，在上海坐高铁，证件检查人员一定会对证件和证件持有人对照一下，而在中国的某些地区，德国人告诉我，他们拿着自己爷爷奶奶的证件估计都不会有问题，只需将证件晃晃就可以了，所谓的实名制形同虚设。这些林林总总，就会构成外人对一个城市的印象。我们的无所谓就会让别人产生很多有所谓的忧虑和不放心。

2. 上海人心思缜密，做事比较认真，严谨。

说到上海及上海人特征，无法回避上海的历史。

1843年，上海开埠，成为中国最早的通商口岸之一，各地的移民开始大量迁入。1845年开始，英国、法国、美国等开始陆续在上海设立租界。

租界虽然是一个民族的耻辱和国家虚弱的象征，但从另一个角度来说，租界因其特殊的地位，从而使上海地区尤其是市中心，避免了像太平天国运动、义和团运动等对各处毁灭性的破坏，及至后来的军阀混战，炮火都没有延及上海中心，这使得上海能在相对稳定的环境下，融合各地移民带来的多样文化，而形成特有的海派文化。

同样，因为作为通商口岸，上海相比中国其他城市更早地涉入商业领域。经商就意味着存在诈骗和受骗，在这个过程中，人自然就学得精明了，而商业活动也意味着契约的引入。

不少德国人认为，上海人是他们最愿意打交道的中国商人，因为相比之下，他们最遵守契约。这个比较，当然是针对中国其他省份和地区而言。

犹太人在相当长的岁月里，只能从事当时被视为劣等职业的经商活动，或许因为这段经历，才将犹太人锤炼成当今世界最精明的族群，同时契约精神也被嵌进了犹太人的骨髓之中。

在与朋友们的聚会中，大家议论说上海人精明，但纵观今日的中国，商业大亨名录中却鲜有上海人的名字。与其说在中国经商，精明已不是成功的首要因素，还不如说，上海人特有的谨慎，让他们中的很多人不愿意突破自己设定的底线，而更重要的一点是，在一个经济较发达、生活舒适的地区，人们做选择的"机会成本"会更高。而经济文化相对落后的地区，人们的行为、处事的方式中没有太多的禁忌，也无太多的界限，更缺少为了得到这种东西就必须放弃另外东西的两难选择，在一种"机会成本"近乎为零的前提下孤注一掷，成功的概率当然更高些。但这种特例，只是在有相当一些人不遵守游戏规则的环境下的一种现象。社会终究是要回归理性的，中国融入国际社会也必须遵守契约精神。应该说在这方面，上海始终都走在国人的前列。

站在吉尼斯认证的世界最高观光厅，从 474 米的高度鸟瞰这座拥有世界第一总人口数的城市，我身边的堂弟指着某处对我说："姐姐，那里就是我的家。"

我望着他，这位从小跟着自己的父母颠沛流离的小伙子，不但成了一位技术精英，也最终回到了自己的故乡，并把这里当作了自己的家。随行的德国友人说他做事就像个日耳曼人。

其实中国人也好，日耳曼人也好，人生本来并没有太多不同，但脚下的路，心中的梦，却缔造了各自不同的世界。

# 中国式面子

一个刚学会说话的孩子，趴在地上，四处寻找着什么，妈妈问他在找什么呢？孩子回："找面子！因为妈妈每天都说丢了面子不开心，所以想把它找回来。"

虽说这可能只是个玩笑，但环顾我们四周，有多少孩子，从开始学走路，就开始了为父母"挣面子"的艰苦跋涉，在各类相关或不相关人士的推波助澜之下，学钢琴、芭蕾、奥数等等，铆足了劲挤进名校。工作之后，又开始比薪酬、拼豪车，有些甚至租架直升机回家，直升机扬起的灰尘中，无数看客炽热而又羡慕的目光不断聚焦，当事人及其家人的面子被无限地扩展。总之，一个"挣"字，道不尽当事人各种不懈奋斗，各种钻营的辛酸苦辣。至于大家是否真正感到快乐、愉悦，这些已不重要，当事人在长辈们"你给家族长脸了"的夸奖声中，得到一种衣锦还乡、光宗耀祖的巨大满足感。

而家长们，经历了当年自己低三下四求人、遭受挫折、放弃尊严之后，现在争气的儿女们终于将自己丢掉的面子又重新捡回来了，那真叫扬眉吐气，无限风光。

面子，在中国有着如此重要的作用，以至于德国在给每个前往中国工作的外派人员的指南中，特意指出：不要伤中国人的面子，否则，后果很严重。

而当他们问我，到底什么是"中国式面子"？我确实也有点头痛，因为这的确是个比较难解释的问题。中文成语里的"阳奉阴违""指桑骂槐""隔山敲虎"等大概都是指不当面违抗，批评，打击，要给对方留有面子，将来还有合作的可能。否则，脸面一撕破，那就是从此不为仇人也成陌路人。

面子在社会上的渗透力到底有多深远？

前段时间，几位朋友小聚，大家谈起国人的面子问题。其中一位聊起自己回家的故事。

一次，刚回家第二天，她妈妈就悄悄地将她拉到一边，小声地问："闺女，你在德国生活得怎么样？有困难一定要跟妈说。"她一头雾水，说："妈，我在那边挺好的。"

她妈妈满脸怀疑地："那你怎么穿成这样回来了。还有，我那宝贝孙子，他的裤子膝盖都破成那样了，还在穿。"

朋友忙解释："德国十来岁的孩子，就喜欢穿成这样扮酷。商店买回来就是这样的。"

她的姐姐也提醒道："我知道你们在欧洲穿着随意，但你这粗布衣裳牛仔裤的，还不如我们村二丑媳妇（村里的贫困户），你让咱娘的面子往哪搁呀。人家还以为你在德国吃救济呢！"

后来，这位朋友倒是从头到脚为自己及家人置了名牌，自己可以不在乎，但不能让老娘亲受委屈。


请客送礼在国内也关乎面子问题。国内再反腐，民间的送礼请客还是"涛声依旧"，毕竟这是我们自古以来的习俗，岂是朝夕可改。

国内中秋节期间，一位定居德国的朋友回国出差，大家都羡慕地对她说："这团圆节能回中国，太好了"。上周末她回来了，我们去她家里喝茶。说起中国的旅途，她连连摇头："以后逢年过节的，还是别回国，要不，干脆接父母来德国"。

她说，自己好歹还是懂些人情世故的，回国后，同学，同事刚好放假在家，于是，在外的宴席一个接着一个。她也拿出早准备好的礼物，大家客气一番也都收下。席间，她离开上洗手间，闺蜜 L 紧跟着出来，对她说："以后这些礼物，你就别买了，都是中国制造的。你没见她们收礼时的表情吗？送这些廉价的东西，是很没面子的。"

她与 L 自小就是好朋友，知道 L 说这些也是为她好，提个醒，但接下来的宴席，她总觉得有点不自在了。先头的兴高采烈像被浇了头冷水，话也少了许多。

民间如此，官场上面子之争更甚。曾有位给领导当秘书的同学抱怨，每次开会或发稿，我们都要对名字的排序再三检查，弄错可是件大事。这丢领导的面子还了得。

上至国家，下至各级地方政府，面子工程可以说比比皆是。我们习惯于用高大上来换取别人的喝彩，博取别人艳羡的眼神。面子有了，至于里子有多么破落，倒没人在乎。就像不少人，外面衣装全部是世界名牌，内衣却只买几块钱的地摊货。再不舒适，也只有自己知道，关键是人前得光鲜。

德国人也讲面子，但总觉得他们比我们活得实在，更追求自己的感受。同时，很多情况下，他们眼中很丢面子的事情，

德国咖啡屋的"名人墙",现任总理照片被搁放在角落,左边最下面一排的第三个

我们国人做起来很坦然。而他们认为无关紧要的事，我们却异常兴奋、紧张，认为关乎面子。

这点，让德国人很困惑，读懂中国人，真不是件容易的事。

比如说，在德国的餐馆、酒店，客人基本上都对服务员非常客气，接受服务，言必称谢。那种大声吆喝的行为，会被认为没教养，很丢面子。

至于各种不劳而获的抄袭、弄虚作假、掺假行为，一经披露，当事人顿时颜面扫地，政治家辞职，商家关闭，社会不会给你第二次重新开始的机会。

所以，在德国，任何有损公共秩序的行为（比如说我们习以为常的插队、闯红灯、逃票），都被视为不良公民行为，会遭到周围人的鄙视。

弱势群体为何在德国生活得有尊严？任何人，任何时候对弱者的嘲笑、欺凌，都会被当作很可耻的事情，是很失身份的。因为在德国人看来，对弱者尤其是伤残人员的态度，体现了一个民族的良心和人性。丢了良心和人性，面子何处依附？

同样，炫富，在德国也没有市场和观众，让人以为自己穷得只剩钱了并不是件光彩的事。所以，德国人都梦想能读个博士，这样一来，所有的身份证明上包括护照等，都能印上博士头衔，人前人后被人尊称为某某博士先生或某某教授先生，那倒是件很有面子的事。只是德国的博士们都是经过千锤百炼造就成的，物以稀为贵，才得以享受尊荣的面子。

德国人对面子有另外的解释，他们更喜欢称之为——尊严。

我有时也在想，中国人为什么如此好面子？那么热衷于炫耀？如果要具体分析，估计可以写篇学术论文。今天，我们只来谈谈面子的功能性。

在中国，一个人面子的大小，与其金钱、官位等构筑的社会地位成正比。

如果某人的面子足够大，那么，这面子是可以物化为利益的。

有时人们会说：那么爱面子有什么用？面子还能当饭吃？

其实，"面子"在中国，的确是可以当饭票的。

比方说，面子大的人去赴宴，不但不需要买单，行为本身还会被美化成"赏脸"；当然，这赏脸者的面子，也被举办方悄悄用来消费。

同时，在时间就是生命、就是金钱的观念下，面子还可以转化为时间。有面子的人，看病就诊，一切考验人耐性的排队全免了；出行也可以避免烦人的堵车塞车，因为有警车开道（估计现在反腐，这点比较难办了）。

再有，有面子的人，在一众"抬轿"人的簇拥下，应该心情会比较舒畅，这人神清气爽的，自然精力也跟着充沛起来，对身体健康当然也大有裨益。

正因为面子如此管用，所以，哪怕生活很大程度上被"情面"所累，大家也都忍着，小心翼翼地维持着各自的面子，平衡着方方面面的利益关系。

只是，既然是面子，当然是别人能看得见的、外在的东西。这外表的绚丽，要想持久保持，还得有内在的功力。这就像女人做美容，要想长久地保持年轻美貌，一定是一种从内到外的修炼，再配以合理的饮食营养调理，持之以恒的形体训练，美才能由里及外，通过外表体现出来。要让中国人改掉

"讲面子"的习俗估计很难，但将面子观变成内在品格情操以及个人尊严的体现，只要大家努力，倒并不太遥远。

# 讲究与将就

春节临近，在德国的中国人哪怕没有工作的拖累也变得愈加忙碌，因为很多朋友早早就打好招呼要来德国，很多事情需要张罗准备。即便忙碌却不感疲惫，多几个朋友多几分年味，再说有朋自远方来，的确也是件乐事。

与国内朋友一起看春晚直播，我一个劲说好看，朋友们同情地看着我：那是因为你在德国。

那口吻颇有点像当年上海人看外地人都好似乡下人，认为对方没见过世面既同情又带点不屑。"你在德国久了，就变得将就了。我们见多了，难免挑剔点。你看，你现在对吃也不讲究了，那黑面包都能咽下？"我告诉他们：德国人讲究餐桌上的礼仪，但菜肴上的确是删繁就简。而黑面包更是德国人的至爱，就像我们中国南方人的米饭一样。

即便如此朋友们盯着黑面包，仍然不停地摇头，嘴里嘀咕着，这德国人对吃也太不讲究了。

谈及讲究，不由想起孩提时代，尽管家庭属于"黑五类"，家里也没什么好吃的，但爷爷奶奶仍然会教我进餐的礼仪，尤其是女孩子，吃饭喝汤都不能发出声响，甚至要抿嘴慢慢咀嚼。饭粒若不小心掉落桌上，一定要悄悄拾起放回餐盘中。用面食时，筷子挟起面条放在汤匙中再吃。后来稍大点，回到湖南父母身边，知识分子父母被发配在建筑工地接受再教育，我看到那些建筑工人们蹲在墙角，用筷子夹起一大把面条塞进嘴里，咬一大口，剩下的落回碗里，吃完后边剔牙，边和大伙开着玩笑。那一刻，我觉得自己好像从文明社会跌进了野蛮族群。邻居大妈开导我说："孩子，做人不能太讲究了，得将就点，你才能快乐起来。"

倒也是，当时的左右邻舍，互相之间说得最多的单词就是——将就。

比如：日子将就点过吧。或者：这衣服将就点还能穿，这剩菜将就点还能吃……

甚至大家谈个对象，女孩不同意，媒人居然还能说："不合心意？但人好，家境殷实，将就点日子也能过得好。"不知

装潢讲究的德国咖啡屋橱窗

讲究的德国老太太

这是否是目前那句"你丑，我瞎"爱情宣言的早期版本？

就这样，日复一日，年复一年，大伙儿将就的日子越过越乏味，人也渐渐变得麻木。红楼梦里的贾宝玉曾说："女孩子未出嫁，是颗无价之宝珠；出了嫁，不知怎么就变出很多的不好的毛病来，虽是颗珠子，却没有光彩宝色；再老了，更变得不是珠子，竟是鱼眼睛了。"

从现实的角度来说，未出嫁的女孩，个个都是家中受保护的公主，也有大把的时间去讲究，可以一个小时坐在镜前梳妆打扮，精致的妆容加上梦幻的眼神，自然个个水一样的清灵。出嫁后，在生活的压力之下，昔日讲究的日子变得越来越将就。

一本《廊桥遗梦》，一场"花样年华"（李安导演，梁朝伟、张曼玉主演）不知赚取了多少中年妇女的眼泪。那句台词："旧梦是好梦，没有实现，但是我很高兴我有过这些梦。"被许多已变得世俗、世故和计较的女人悄悄地藏在心里，企盼在自己的生活中也能遇到一位将自己眼里逐渐褪去的光泽重新点亮的那个人。倒不是女人变傻了，而是那个人可能是将就及麻木的生活中那点闪烁的火花，被虚拟和美化成痛并甜蜜的回忆，来填补无聊乏味的生活，并时刻提醒着女人：原来我也有过讲究的岁月，虽然越来越模糊，虽然已是昨天的梦。

在词典中查找"将就"的同义或近义词，会得到：无奈、不情愿、凑合、草率、迁就、敷衍等等，几乎全是负面词组的提示。

也就是说，选择将就，是一种不情愿的对内心理想和憧憬的放弃。心有所不甘，奈何力有所不逮，是一种对现实的妥协和无奈。

再讲究的人生，都会遇到需要将就的时刻；反过来说，总是将就的人生，也会有额外讲究的片段。所不同的，唯有界限和底线的划分。

选择更多的讲究，抑或更多的将就，是我们每个人都需要面对的。曾听人说过：责任，是高于一切的爱。如果说，放弃讲究去将就，是源于一种责任，倒也不失为一种情深义广。

# 折扣人生

　　陪德国朋友逛北京有名的南锣鼓巷，乘黄包车游胡同是当地热门的旅游项目。想起国内朋友的叮嘱，在外购物一定要学会砍价。于是，一番讨价还价之后，车夫同意将150元的报价降到100元。刚刚坐上车，旁边一位貌似印度人，用熟练的汉语与另一车夫谈妥80元的价格。可能是先前听到了我们的讨价还价，他还冲着我做了个胜利的手势。

　　在自己国家输给外来民族，挫败感难免。但仔细想想，其实我们都是输家，哪怕再会砍价，也赢不了卖家，总会有种输的感觉，只是输多输少的概念。国内流行打折，旅游景点自然不用说，如今的那些电商平台，哪个不是先开个虚高的价格，然后找个理由给出不同的折扣。

　　在电商平台工作的朋友，甚至详细地向我解释了价格操作系统，一个是虚高的价格，也叫一口价，一个是普通价格，一个是活动价格。并告诉我这是当今全中国人都懂的道理。既然大家都懂，那么怎样分辨虚高价的水分，就成了对智商的"挑战"。所以，每次回国购物，看到某些商家贴上"恕不议价"，自己就特别高兴，感到非常轻松。

想起在德国，经常性地当我陪国内来的朋友们逛商城时，她们总会悄悄地将我拉到一边问，能讲价吗？每次我都会告诉她们，德国商店明码标价，不能讨价还价的。如果是换季打折，人家也会一五一十地标明清楚。

可后来却证明我错了！一次我与几位中国企业外派员工的家属们逛街，路过杜塞尔多夫市最有名的国王大道（也是德国最有名的购物大街之一），她们指着一间很有名的珠宝店告诉我说，我们在这个店里可以拿到××折扣。我很惊讶，因为我先生曾很认真地告诉过我，这个百年老店是从不打折的。

"那是针对德国人，我们派了名代表去谈判，告诉他们我们可以团购，去了几趟，就把折扣谈下来了。"看来我们中国人再次在这种事情上将我们的集体主义精神发扬光大，通过团购的力量，撼动了德国人历来实诚的基石。

打那以后再陪友人们逛街，我不再斩钉截铁地否定，只是说，要不你们试试看？绝大多数情况下，当然是无功而返，但偶尔她们也能拿到个5%的优惠，或收到一两个赠品。朋友们开心，我也乐意奉陪。只是如果我家先生在场，他总会躲得远远的，好像要撇清与我们这群女人的关系。因为毕竟这种事，在德国人看来比较没面子，他们似乎对开口说"给点优惠"这事，感到比较难为情。

德国朋友曾向我解释，德国的定价是比较实诚的，很少有开高走低的伎俩。卖家的合理利润，是保证他们持续创新和发展的基础。当然持这种想法的，往往仅限于生活在德国的德国人。我曾在国内看见德国人非常熟练地用有点生硬的汉语讨价还价，这大概也印证了我们民族强烈的同化能力。

我问朋友们，为什么那么热衷于打折，大家告诉我这已成习惯了，不打折就觉得吃亏了。再说，这年头所有的东西都打折，商品打折，人生也如此。

名店林立的杜塞尔多夫国王大道

蓝色的天空变成了灰蓝色或灰色，清澈见底的河流变成了浑浊之水，朋友之间的承诺和信任也常常是自动或被动打了折。有价的东西好说，100元打个五折，变成50，但无价的东西，这折扣怎么算呢？就好比大家常说：真情无价。渗了水分的感情该怎样去拯救？

我们情愿或不情愿，终究习惯了给各种东西打折，比如说理想、梦想、自己的人生。一个追求灵魂自由、伸张公平正义的人士，降低标准到自己不作恶，再到可以接受自己特点场合下言不由衷的行为。初始的信念随风飘逝，为名为利不得不打折自己的人生。

又如友谊，不打折的友情是可以以生命相托的，而有些"朋友"，连一起吃个饭、喝个茶，都要先掂量掂量言语的正确性，什么可以说，什么不可以说，什么该说，什么不该说。

商家打折，或为新品促销，或为清仓甩货。精明的商人，打折都是有底线的，那就是保本价。如果说人生需要经营，为了避免一再打折的挫败感，认识自己，修炼自己，大概是"不议价"的基础。虽说完全不打折的完美人生只是场幻想大片，

但学会妥协，是成长的必经之路。但请守住打折的底线，唯有
那样，才能守住自己的尊严。

# 中国标准

什么是标准？标准就是为了在一定范围内获得最佳秩序，经协商一致制定并由公证机构批准，共同使用的和重复使用的一种规范性文件。其目的是为了确保产品、材料、过程和服务能够符合需要。从这个定义来看，有几个关键词：协商、使用和重复使用。

德国产品的质量举世闻名，但实际上德国制定的很多行业标准甚至低于我们国内的行业标准。比如说服装行业，按中国标准，婴幼儿服装的甲醛含量必须低于每千克二十毫克。而在德国，除非服装上挂有"生态纺织品标准100"的吊牌，否则并不强制企业执行这一标准。

我曾经询问过中国一些服装厂家，大家都抱怨说，国标太严了，我们根本就做不到。"那你们怎么都能取得服装达标的证书呢?"标准定在那里,但制度是靠人去执行的……"接下来的对话我就用省略号替代,国人都能明白的。

这里就有个疑问了,如果所有的企业或者说绝大多数企业都认为标准太高,执行起来非常困难,那么为了达成标准而必经的协商过程是否被我们有关部门省略了?又抑或是参与协商的代表们并没有真正代表企业的利益?

标准的制定其实是项非常重要及专业的工作,是企业通过努力和自律可以达到的一项衡量指标,除了规范行业的行为、监督行业的操作外,更应该具备可操作性。

如果标准制定过高,那么实现这一标准便会困难重重,对于多数企业来说就会放弃达标的努力,转而通过企业公关等去疏通各种关系,以便让自己的企业能够照常运作。但这样一来,很多企业主被迫放弃自己的原则,降低自己做人做事的底线,由此企业所生产的产品质量自然不尽如人意。

不少移民海外的企业家吐露心声:我们的确心存恐惧,因为在中国办企业,谁没有或多或少打过擦边球?深究起来,有多少人背负着原罪?因为标准不规范,或因为标准高得离谱,这就等于逼着企业主去违规。

比如说，国标很严，大家就在送检测的样办上做文章，套用目前国内的流行体就是，企业不得不作假，检测机构也知道企业在作假，企业也知道检测机构已知道自己在作假，检测机构也知道其实企业已经知道检测机构知道企业在作假。但这种大家心照不宣，击鼓传花游戏得进行下去，至于每次搞活动或检查，就看是哪家企业中"六合彩"了。

被抽中的企业个个喊冤，没被抽中的虽暗自侥幸，但也不知何时轮到自己。

最近央视又曝光，目前中国市场上销售的童装超过70%不合格，这不由得让我们产生了些许疑问：

1. 如此高的不合格率，是否我们的标准定得太高了。要知道，中国是纺织品出口大国，如此低的产品合格率，对中国商品的信誉是致命的损害。

按现有的国家标准，深色的衣服或印有斑斓色彩的衣服，国内大多数纺织企业几乎没有达标的可能。更何况，多数企业所使用的颜料、布匹很多都是外购的，尤其是从批发市场上采购的边角材料，质量和品质更是难以掌控。大企业尚如此，大

参观德国食品厂的儿童"全副武装"

量的中小企业要达标就更不可能。因为那意味着从设备到技术，到外购物料的管控，都要进行整改，这样一来，产品成本直线上升，面临被竞争激烈的市场淘汰的风险。况且整改还需要外部配套厂家的支持和协作才能有效进行。

2. 既然已在市场上销售了，那么肯定是取得合格证书的。商检局与央视都是权威机构，我们是否可以理解成，这是一个权威机构对另一权威机构的质疑？果然如此的话，我们的确应该为此喝彩和叫好。

3. 中国有那么多的服装制造企业，一个 70% 的不合格率会有多少企业觉得冤屈？

这就好比，当年我们读书时，60 分是及格分，很多贪玩的孩子，看到一个 60 分会大松一口气。但现在有些孩子捧着 80 分的卷子号啕大哭，说老师说 90 分才算及格。

如果及格线真的被拔高到 90 分，估计很多孩子会放弃努力，甚至丧失学习的兴趣。

前些日子，国内朋友们发张图片给我，说是国内网上在疯传，一个孩子在考卷里夹了一张百元钞票，希望老师能高抬贵手，大家看了图片都在笑，但我相信那是比哭更苦涩的笑。

企业生存当然都要追求利润，在权衡得失后，国内很多企业选择冒险，但这也意味着随时有把剑悬在自己的头上。比如我前面列举的纺织品的例子，如果新来的长官亲自出马，专挑深色印花的婴幼儿服装检测，估计服装厂老板当晚会翻出私人电话簿，把所有可能想起来的关系户都惊扰一遍，否则第二天就得停产整改。

过高的行业标准，更是把大量的中小企业堵在了行业之外。这也催生出大量无证无资质的游击队型企业，对国家无论是税收还是市场管理方面，都造成极大的困扰。另一方面，大量大型垄断企业的存在，对一个社会的创新能力无疑具有极大的杀伤力。

德国行业标准的制定，通常是由政府机构人员、大学教授及行业专家组成的专业人员和企业代表三方进行长时间的会谈，其过程一定伴随着磋商、论证、妥协……最后达成一致，再进行市场测试及至全面推行。

　　德国各行业也在研究中国标准，此次回中国，随行的德国食品安全检测专家在中国商场购买了不少食品，我还没有问她检测的结果，只是那些挂着检测合格证的食品，是否经得起德国检测机构的检验，我们的检测人员是否能维持自己在德国同行心目中的形象，保住自己的尊严，高大上是否会成了假大空的代名词，我为他们捏了一把汗。

# 诚信的价格

前不久，我去拜访一位德国的知名企业家。虽说在商业会谈前，我做了充足的准备，不但备齐了知名会计师行对我们公司的鉴定和财务报表，还将那部关于这位企业家的长达 165 分钟的纪录片反复看了几遍，同时将他的那本两百多页的自传也读完了。

但是，站在企业大楼面前，我还是感到手心冒汗，心跳加速。因为工作的原因，我走访过中国不下几百家工厂，也去过德国的几十家工厂。但为什么这次如此不淡定？大概是因为我婆婆、先生还有几位朋友都是这位企业家的铁杆粉丝，这种家人和朋友们无形中给的压力，效果真的是惊人的。

三个多小时的会谈结束后，企业家再次向我伸出手：祝我们合作愉快！我相信您！

我对先生说，从头到尾他都只是翻了翻那些报表，好像那些并不重要。

先生回答道："一个人的诚信，是写在脸上，写在眼睛里，写在会谈的言谈举止之中，并不是写在纸上的。企业家阅历丰富，这些当然很容易判断出。"

联想到我们国内现在有很多成功学讲座等，教大家尤其是企业家们如何能创收，国内很多的企业家朋友也都去听过不同大师的课。我问他们课后的感觉，得到的回答基本上是：那么多的人一起上课，当时觉得像打了鸡血一样，拥有去征服世界的力量，可过后几天，又恢复原样，于是，又去报名上别的课程。

我说："那不是跟精神鸦片一样吗？你们究竟学到些什么？"

他们倒也实诚：好像有那么点像。真正学到了些什么，还真说不出来。

其实，做事也好、做企业也好，说到底还是做人。这些，不知那些成功大师们在讲座中是否会强调？

问题是，做人不是速成班可以训练出来的，那是长年累月信念的坚守，那是从里到外的一种修炼。如果有一天，我们的企业家们都能秉承诚信做人，诚信办企业，那么企业才会真正地焕发出活力。尽管在目前急功近利的社会风气下，这不仅需要一个企业家有足够的耐心和担当，还要有相当的勇气。

德国人的确是重契约的民族。比如说：国内的出口贸易，别的国家的商人，会在几次贸易后，提出改变付款方式和付款条件的要求。但德国人却会谨守承诺，如果第一批货交易的条款是 50% 预付款，剩下 50% 发货前付款。若干年合作后，他们还是会在下了订单后，早早将 50% 预付款付过来。很多国人认为这是傻。

真的是傻吗？我们不是说，全世界的钱都装在犹太人的口袋里吗？犹太人虽然精明，但却是个极守契约的民族，所以犹太人喜欢与自己人做生意，互相帮衬。因为他们知道，对方会去遵守共同的约定。

今年初，国内有家企业打电话给我，他们与德国企业的合同老是签不下来，让我帮着看看到底什么地方出了问题？

收到他们发来的合同，的确是正规的标准商业合同，并没有太多的不妥。只有一条：违约仲裁地：中国。对于这点德国人当然不接受。为什么不接受？

无人看管的街头小摊

自觉存取的免费街头书亭

我们的一些企业，每每在国际合作中违约时，动辄联合国内媒体，高擎爱国主义大旗，煽动民族主义情绪，以此从舆论上造势，给法官施压。更有其者干脆说，这是对当年八国联军侵华的还击。其实，这些行为不过是利用大家的民族情绪，达成个人的私利，最终损害的恰恰是国家的形象和利益。

有家世界 500 强的德企，在中国收购了一家企业。原企业的中方老板拿了一大笔钱后退出。企业收购在国外也时有发生，一般都是原来的企业主想颐养天年，于是退出，拿了钱后去环游世界，或在家弄弄花草等。但这位中国老板却不是这么想的，他拿了钱后，又以自己亲戚的名义开了家企业，生产的还是原来的产品。而且还通过留在原企业的内线，源源不断地获取最新技术等资讯，并以相对低廉的价格在市场上与该德国企业竞争。德国企业自然是叫苦不迭，最后，总公司决定将核心技术及一切关键部门仍然留在德国，在中国只进行基础生产。

这种事例自然会在业界传播，最终受伤害的当然不仅仅是德国企业，还有许许多多秉承诚信却遭牵连的中国企业。

德国有很多的百年企业，游客随便在德国哪家城市转悠，都能找到几家百年历史的餐馆。

有一次，陪国内朋友去杜塞尔多夫的帆船餐馆（Zum Schiffchen）用餐，在那里可以吃到最纯正的德国猪手。我告诉朋友们，当年拿破仑曾在这用过餐。结果国内朋友笑着说，这是这家餐馆自己说的吧，你就这么相信？

先不说这家米其林星级餐馆并不需要拿名人来忽悠，就是普通的餐馆也会明白，欺骗只会为自己添乱。缺乏诚信，在德国的确是很难"混"下去的。

德国的很多百年企业，大都是家族的传承，企业的墙上挂着从创始人开始的画像，这样传承下来的，当然不仅仅是企业本身，还有企业精神，祖祖爷爷、祖爷爷、爷爷等的画像都挂在那里，怎能不让人心存敬畏？

我们许多城市每年都会举行一些诚信企业评选暨颁奖活动。先不讨论这种评选活动本身是否遵循了诚信原则，光是这名目，就往往让德国人纳闷，这诚信就像吃饭穿衣一样，是很自然的一件事，难道办企业还可以不需要诚信吗？

今天吃过晚饭，我和家人去莱茵河边散步，城市微光点缀下的河畔，有位街头艺术家在忘我地弹奏钢琴，不远处整齐地摆放着他自创的 CD 专辑，CD 旁边放着个瓶子。琴声非常地动听，行人路过，喜欢了，自己将钱放进瓶子，取走 CD。就像德国许多的果园，收获时节并没人看守。进口处有个铁罐，路人摘了水果后，将钱放入就好了。

艺术家依然在弹他的结束曲《My Way》"有些时候，我曾背负不能承受之重，但自始至终，就算充满疑惑，我面对一切并且昂首而立……说出自己的真实的感受，而不是那些身不由己的话……我照自己的方式去做……"

回首往事，我们中有多少人能像歌词写的那样，甚少遗憾、毫无羞愧地说，我秉承诚信真实地活过？德国有句谚语："Ehrlich währt am längsten." 诚信才能永久。诚信无价，我们能悟透个中的道理吗？

# 中国人来了

上个周末，德国的华人圈都在转发一个帖子：6 月 12 日在德国法兰克福机场，一个中国旅游团队扔了两大包垃圾在机场大厅，被机场警察当成无人认领的可疑行李，而不得不将相关大厅封锁三十分钟进行清场，并请来了防恐爆破专家。

德国的中文媒体在帖子中强调，如果任由这种事情继续发生，将来受牵连的是所有在德华人。

说到游客，我的确亲眼看见自己的同胞在旅游地点随地吐痰，甚至听到有些同胞说："反正我们待几天就回去了，没必要那么守规则。你们长期待在这里，当然就不能随心所欲了，听说德国有那种公民信誉记录?!"

以上种种言论，传达的无非是这样的信息：谴责不守规则的同胞，一个重要的原因是他们的所作所为会波及海外华人在国外的形象，进而影响到海外华人的生活质量。

而某些游客的心态则是：我只图自己的舒服和方便，留下不好的印象跟我也没太大的关系，要有什么，你们这些留在海外的人去担当吧。

说到底，大家想到的都是自己，关心的是自己的利益是否会受到影响。

难怪有些德国人会发出这样的疑问：你们整天强调爱国精神、民族自豪感，可表现出来为什么又显得那么苍白无力呢？

前段时间去中国超市，遇见几位中国同胞。她们告诉我这次她们总共四千人分成六批来欧洲旅游。"我们此次全程都是五星级酒店住宿，刚才就是在五星级酒店用的午餐，"一位强调说，"明年我们还会去加拿大旅游"。

先前已听说过某企业六千人游巴黎，在法国列队喊口号的事情。感觉此次同胞们在德国倒没弄出那么大的动静，只是在此时，德国媒体正在纷纷报道中国留守儿童以及乞丐儿童的事情。

一面是蜂拥而至全身散发出金钱味道的国人，一面是德国媒体上中国流浪儿童充满怀疑无助的眼神。

不少德国人在问：究竟什么是中国人？

不少国人也在问：德国人怎样评价我们中国人？

一位一百五十多年前来中国的德国传教士花之安（Ernst Faber，1839—1899）就曾撰文写道："中国致穷之故，一由于好奢，一由于好假，常费财以作虚假之事……"

一百五十年后的今天，崛起的中国当然不会再被称为穷国，但我们追求奢华之心依然如故。这回我们要向全世界表明我们中国人有钱了！于是，全世界的奢侈品店里，一眼望去全是中国同胞的身影，豪车豪宅里晃动的同样是我们挥金如土的"潇洒"。殊不知这透露的恰恰是极度不自信怕被人看低的穷人心态。

上周末出差入住一家酒店，不出所料，早餐厅坐了好几桌的中国同胞。虽说感到亲切，但坦率地说，也让我有点尴尬。因为其中一桌，坐了四个中国人，整个餐厅的音量被她们拔高了不少；不远处有个中年模样的中国女子倒是静静地在享用早餐，这让我感到不少宽慰。可大概过了十来分钟，来了位青年

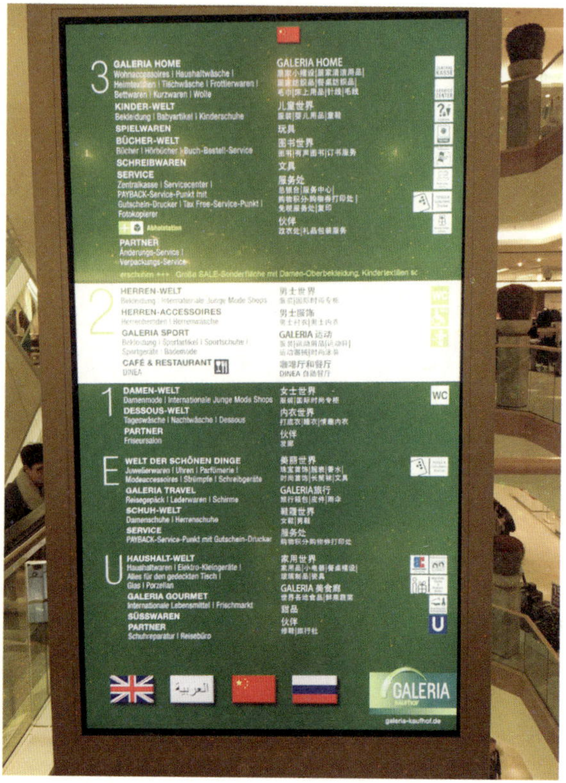


德国大型百货公司的中文指示（外文有英文、阿拉伯语、中文、俄语）

儿子与中国小朋友丁丁

男子，不知他说了什么，于是整个餐厅就只听见那位女子讲电话的声音，好像是在训斥国内的某位下属。而且一直到我们用完餐起身离开，那位女子仍在喋喋不休。

好几位德国人大概忍受不了这份喧闹，将位置移到离这位女士稍远点的地方。

我曾想去提醒一下这位女士，最终还是没吱声。或许这位女士不会想到，很多时候，外表的装腔作势往往是内心极度不自信的体现。

联想起前不久与德国友人在国内用餐的情景。酒店自助餐品种之丰盛让德国人瞠目结舌。但好几次，当自助餐的盘子里只剩几块或几片食物时，排在前面的国人通常会一块（片）不剩地全部夹走，全然不顾身后哪怕还有孩子冀盼的眼神。若在德国，同样的情形下，德国人通常会留下一部分。所以，同行的德国友人对我说："他们大概是没吃过自助餐，不知道自助餐的餐盘是会随时补充添加的。"

这当然是德国人善意的理解，我却明白，这些人很可能经常吃自助餐，他们只是不懂得什么叫分享，什么叫替他人着想。

与友人们聊起此事，一些认为这些都是小事，不必太过计较，无非是大大咧咧、不拘小节而已。我却认为这关乎对他人的尊重，关乎教养，说到底，关乎我们的教育：我们的家庭教育，我们的学校教育。

德国电视台曾拍了部连续剧《中国人来了》，剧情大概是，某日一个德国家庭搬来了一户中国邻居。与德国家庭一样，这对中国夫妇有一男一女两个孩子，而且凑巧这四个孩子就读同一所中学。接下来的剧情就是，中国孩子放学回家只刻苦攻读，不爱运动，学习成绩把德国孩子们远远甩在后面。那个中国女孩子貌似文静却颇有心计，将德国邻居家女孩的男友抢走了……

不知这部连续剧最终是否播出？但从中也反映出，在德国人心目中，中国人多少是带有点攻击性和掠夺性的，换句话说，德国人对中国人在某种程度上怀有提防之心，同时也很难完全信赖。

每当某德国企业可能被中国企业收购的消息传出，往往会由此引发该企业工会组织的游行示威。工人们的抵制源于文化的差异、价值观的不同所造成的隔阂。

如果我们不能从骨子里认同平等公正的价值观、学会尊重并维护每个个体尊严，两个民族间的沟通融合一定会困难重重。

中国在崛起，中国人终于可以扬眉吐气地向全世界宣称：我们来了，中国人来了！

但我们输出的不应该仅仅只是商品本身，或者说纯粹的金钱，我们还应该有自己对整个人类文明的贡献。在大国情绪的鼓噪下，或许是时候好好地反思了，个体要学会反思，一个民族也要善于反思反省。因为一切优秀和伟大都由此生长。

# 我们应该愤怒

最近，针对德国一个服装品牌辱华行为而引发的各种讨论不断升级。国内不少朋友来电询问，想了解德国人对此事的看法。拿这事问周边的德国朋友们，大家都有点一头雾水，因为都不知道这个牌子。听我说起整个事件的原委，德国人几乎是统一回复：蠢货，全世界哪都有。

当然，骂几句肯定无法让我们中国人平复内心的愤怒。我上网看了看，相关文章的评论里全是谴责该公司的，个别情绪激烈的号召大家不但要抵制该品牌，还要抵制所有的德国货。有些甚至骂出了"纳粹"的字眼。

我告诉国内的朋友们，的确，在德国，骂别人一句"狗日的"，这很可能会吃官司，被告上法庭；但若是骂哪个国家则没人管你（当然以色列国家及犹太民族除外）。

追根溯源，如果我们研读一下德国的历史，对于素来严谨的德国法律，也有如此"奇葩"之处，就不难理解了。

第二次世界大战之后，德国政府和人民可以说是"夹着尾巴做人"，德国国歌也被谨慎地修改，原国歌只有第三段被保留了下来，先前那些"德意志高于一切"的句子，当然被全部摒弃。在一些多国人士参加的聚会上，德国人听着他国人士在那里嚷嚷"我们的语言是世界上最优美的"或者"我们的民族是世界上最优秀的"诸如此类的话，他们的眼里就会流露出一种特别复杂的情愫，有无比的艳羡，又夹杂着几分嫉妒。因为这种高调地歌颂自己祖国或民族的话，德国人不敢讲，唯恐招来"邻居们"的猜疑，他们充其量也就只敢在足球世界杯上"吼一吼"。所以，德国人从小接受的公民教育强调得更多的是个体的素养，民族和国家的教育被他们小心翼翼地做了低调处理。爱国教育如此匮乏，自然而然地，一些德国人的心目中国家的概念是模糊的，不时地会做出冒犯自己国家以及其他国家的事情。

我看了国内关于此品牌的一些报道，发现国人尤为气愤的是，该品牌商"声明信"中的措辞以及引发大家联想的签名。

遭指责的德国品牌店

我不明白国内为何一众媒体都称之为"道歉信"，对方一直在信中强调要还原事实真相。所以，我只能说"道歉"是我们一厢情愿的臆想。对方并没有道歉的意思，只是在解释或者阐述缘由。

该品牌八年前对国民感情的伤害，我还可以理解成该品牌商那时还年轻，喜欢用一些博人眼球的极端事情来引发别人的注意，或许还可以试着用"少不更事"去原谅他，但八年后，还如此的混账，那就只能说是愚不可及，孺子不可教了。

不过，我们在声讨该品牌商的同时，或许也可以自省一下，他信中所谓的还原真相，是否意味着我们的确有过失之处？

若干年前，我曾就职于一家欧企，还记得有次回欧洲总部开会的情形。在会议上，当时的设计主管说了句话："中国人都是小偷。"当时的我还是他的上司，虽然知道他是在发泄情绪，但还是按捺不住顶了他一句："我们是小偷，因为我们还不够强大，无法从强盗手上理直气壮地要回属于我们的东西。去你们的博物馆看看，那里陈列的中国古董是怎样来的？"

事后，这位设计主管找到我，真诚地道歉，说自己前段时间被中国工厂的抄袭、盗版给逼疯了。我也诚恳地告诉他，在知识产权保护方面我们确实需要改进，但这需要时间，所以需要大家的共同努力。抱怨、谩骂和指责改变不了现状。

作为自己付诸心血的产品，被别人不打招呼就拿走，甚至冠以自己的名字。创作者难免会情绪失控，甚至做出些偏激的事情。但如果将这些愤懑上升到对整个民族的攻击，那就是个人的涵养和品德问题了。

我们应该愤怒，但我们也应该认识到，我们的国家和民族不会因为几位哗众取宠小丑的行径而受到影响，同时也不会因为大家的愤怒而变得更强大。国家的尊严写在我们每个公民的言行举止之中，也写在国家对每个公民尊严的尊重和维护之中。

# 德国籍？中国籍？

　　曾经一篇《德国籍？中国籍？》开始了我的业余写作生涯。一晃一年半过去了，翻看平台一百多篇文章，很多感慨。时逢端午节，惦记着给父母打个电话。国内把端午节看得很重要，包着粽子，想着团圆，内心有无数牵挂祝福。

　　一年多来，身边又多了不少加入德国籍的"留德华"（留在德国的华人简称）。大伙儿经历了同样的程序：德语学习，融入课程……入籍宣誓。

　　从"你为什么还不入籍？"到"其实入籍真没什么必要"，从中大概可以感受到中国的崛起速度。

　　上回与一位朋友通电话，他早在若干年前就入了美国籍，并在美国做大学教授。他开门见山地说："我不同意你文章中关于美国的论点，你并不了解美国，你应该来这儿住上一段时间。"

我说:"我只是描述德国人眼中、心目中的美国。关于对美国的看法,当然每个人都有自己的论断。"

他紧接着问我:"看得出你很喜欢德国,为什么没入籍呢?"

我回答说:"我是很喜欢德国,但这就好比你可能很喜欢并欣赏某人,却不一定会与他(她)结婚,步入神圣的婚姻殿堂。"

在德国,每逢国际赛事,特别是足球大赛,当德国国歌奏响时,我家那位小球迷就会起立,将手放在胸前。当初见我坐着没动,他满怀疑虑地问我:"妈妈,你为什么不把手也放在胸前呢?"

"儿子,你当然可以也应该这样做,因为你的祖国住在你的心里。可是,妈妈心里已经有个祖国了呀。"

"是中国吗?"

是中国吗? 在这,我想先讲几个小故事,近九年来我在德国亲身经历的事情。

秋天的北京（摄影 罗宏）

德国古堡酒店　2015 年 6 月 G7 首脑会在此举办（摄影　楚格山里人）

　　杜塞尔多夫市每年都会举办一次红酒节（德意志人似乎是最喜欢举办各种狂欢和 PARTY 的民族）。一次，我与几位中国朋友也挤进了这狂欢的人群中。

　　既然是红酒节，肯定是各种美食、美酒加上音乐，总之是全民狂欢。正在兴头上，冷不丁一位德国中年女子，举着酒杯来到我们身边，冲着我们说："你们为什么不回到日本或者中国去，为什么要待在我们德国？"

　　几位朋友愣住了，我随口反驳她："我们不是来自日本或中国，我们来自 ×××。"

　　这个 ××× 是德国的一个地名，通常人们认为来自那里的人比较粗鲁缺乏教养。

　　这位德国女子当然听得出我在讽刺她。或许正想发作，身边的一位男士赶紧将她拉开，并对着我们赔礼道歉。她喝醉了，对不起！"

　　买好食品挤进来的先生听说后，笑着指着我："你这张嘴也够损人的。"

　　我说那当然，在德国又不能随便骂人。若用中文骂她，最多也只是自我安慰。她不就是没教养吗？


　　还有一次，我们几个中国人带着孩子乘坐地铁，一个德国女人走过来，指着其中的一个孩子说："起来，我要坐。"同行的朋友准备让位，我连忙制止她，并对那位德国女人说："麻烦您去别处找座位。"

可能看到我的神态比较坚决，这女子嘴里嘟囔了几声，走开了。

或许这都是小事，这种事在国内也会时不时遭遇，但在异国他乡，这种事情就会特别扎眼，甚至像根刺，扎进我们敏感的心里。

上届德国联邦政府的副总理、联合执政的自民党（FDP）主席勒斯勒尔博士是位越南战争孤儿，从小被一对德国夫妇领养，改了德国姓，在德国医学博士毕业后，进入德国政坛。历任德国卫生部长、经济部长，上届大选该党选情告急时，有德国媒体做了民意测试，当时就有一些德国人声称：要让我继续支持他们，除非那个中国人让出领导位。

（德国人经常将亚洲面孔的认作是日本人或中国人，这与我们当年看到白皮肤的都认为是美国人应该差不多。）

后来，该党因为在大选中没有拿到5%的选票，被5%障碍条款挡在了联邦议院大门之外，勒斯勒尔博士引咎辞去主席职务。

虽说落选是因为各种原因，但他的肤色或许也是其中某个因素。

当然他有足够的政治智慧和涵养去化解这些，但优秀如他，仍会遭遇此种尴尬。换作芸芸众生如我们，却很可能郁闷惆怅，思乡之情油然而生。

国内有位学者在演讲中说，国人出国了就爱国，因为体会到了国外的种种不好……

其实这话也有偏颇之处，国外尤其是西方发达国家，无论在物质领域还是精神层面，或者公民整体素质，可能都超过我们不少，我们需要客观地承认这点。

但人类是情感动物，有种基本情感叫做思念，它往往在分离之后产生，而且就像酿酒，时间越长越浓烈，到后来未尝已先醉。

故国家园，不管你是否喜欢，但祖国那个名词总能让你心头一震，那是我们的祖先为我们烙上的中国印记。

虽说我们都早过了任性撒野的年龄，但心灵的田野，那块由语言、文字等构筑的天地，却仍然任由我们驰骋。

它混杂着故乡泥土的味道，夹着青春回忆的甜蜜和苦涩。那是我们心灵最后的庇护所，失去了它，我们何处安生？

我有位在海边出生长大的朋友，后来求学工作，来到内陆城市。她说每晚她都必须在休息前放上一段音乐，枕着海的波涛声才能安心睡去。故土，那是心灵记忆的地方，就像儿时妈妈的催眠曲，哪怕离家多年，两鬓花白，仍然不时在耳边回荡。

不少入了德国籍的华裔告诉大家，换籍不过只是"技术层面"的考量，我们拥有的依然是颗中国心。而保留中国籍的则说，那是我想回就回的家，放弃它，何处去寻觅我的根？

我们无权去指责任何为了更好的生活而做出种种改变的人们，毕竟趋利避害是人的本能。同样我们也无权嘲弄任何不愿改变的人们。我们都在尽量争取按自己想要的方式生活着，有些离梦想近点，有些远些，关键在于那是你自己真正想要的，而不仅仅只是为了别人眼里的艳羡。

德国国家足球队有几位外国背景的明星队员。比如厄齐尔、赫迪拉、博阿腾，每逢国际赛事，看台上以及家里看球的球迷们一起高唱国歌，土生土长的德国球员也慷慨激昂，而他们几个不但扎堆站在一起，还个个紧闭嘴唇。这自然遭到一些保守媒体和一些德国人的指责。看到他们的表情，我却在想，他们选择了为德国而战，但德国国歌奏响时，他们却没有跟着自己的队友高歌。或许，这是他们内心深处对故国表达的最后一点情谊，在那片没有德国富饶的故国土地上，或许还有他们的亲人。当风吹过田野，夹着儿时母亲的一声声呼唤，那是抹不去的记忆，刻在了脑海里，也许他们想以这种方式，保留对远方故国的一种纪念。

责任编辑：曹　春
装帧设计：木　辛　汪　莹

**图书在版编目（CIP）数据**

遇见德国／杨坚华 著．－北京：人民出版社，2016.5
ISBN 978－7－01－015676－7

I.①遇…　II.①杨…　III.①德国－概况　IV.①K951.6
中国版本图书馆 CIP 数据核字（2016）第 000004 号

## 遇　见　德　国
### YUJIAN DEGUO

杨坚华　著

人 民 出 版 社 出版发行
（100706　北京市东城区隆福寺街 99 号）

北京盛通印刷股份有限公司印刷　新华书店经销

2016 年 5 月第 1 版　2016 年 5 月北京第 1 次印刷
开本：850 毫米 ×1168 毫米 1/32　印张：9.5
字数：161 千字

ISBN 978－7－01－015676－7　定价：38.00 元

邮购地址 100706　北京市东城区隆福寺街 99 号
人民东方图书销售中心　电话：（010）65250042　65289539